中华文化丛书

Collection Cultures Chinoises

Serie sobre la Cultura China

Chinesische Kultur für die Welt

中華文化シリーズ Collection Cultures Chinoises

Chinese Culture Series

Serie sobre la Cultura China 中華文化シリーズ

Chinesische Kultur für die Welt

中华文化丛书

Chinese Culture Series

中华茶道

—— 和、静、怡、真的茶文化

◎王晶苏 编著

江西出版集团

百花洲文艺出版社

中华文化 丛书

ZHONGHUA WENHUA CONGSHU

编辑工作委员会

致 读 者

　　中华文化是世界上最古老的文化之一，也是中华民族智慧的结晶。它丰富的内涵，不仅充分表现出以华夏文化为中心的统一性，而且有着非常明显的多民族特点。中华文化的统一性，在中国历史上的任何时刻，即使是在多次的政治纷乱、社会动荡中，都未曾被分裂和瓦解过；它的民族性则表现在中国广袤疆域上所形成的多元化的区域文化和民族文化。而在悠久的历史长河中，随着中外文化交流的频繁，中华文化又吸收了许多外来的优秀文化。它的辉煌体现在哲学、宗教、文学、艺术里，它的魅力体现在中医、饮食、民俗、建筑中。数千年来，它不仅滋养着炎黄子孙，而且对世界其他地区的历史与文化产生了重要的影响。

　　在进入 21 世纪的今天，越来越多的人对中华文化产生了浓厚的兴趣。许多国家兴起了学汉语热，来中国的外国留学生也以每年近万人的速度递增。近年来，一些国家还相继举办了"中国文化节"，更多的外国朋友愿意了解、认识古老而又现代的中国。

　　为了展示中华民族的优秀文化，促进中华文化与世界各国文化之间的交流，我们策划、编撰了这套"中华文化丛书"（外文版名称为"龙文化：走近中国"）。整套丛书用中文、英文、法文、日文、德文、西班牙文，向中外读者展现了中华文化的丰富内涵。在来自不同领域的百余位专家、学者的笔下，这些绚丽的中华文化元素得到了更细腻、更生动、更详尽、更有趣的诠释。

　　整套丛书共分 36 册，从《华夏文明五千年》述说中国悠久的历史开始，通过《孔子》、《孙子的战争智慧》、《中国古代哲学》、《科举与书院》、《中国佛教与道教》，阐述中华民族精神文化的不同基因与思想、哲学发展的脉络；通过《中国神话与传说》、《汉字与书法艺术》、《古典小说》、《古代诗歌》、《京剧的魅力》，品味中国文学从远古走来一路闪烁的艺术与光芒；通过《中国绘画》、《中国陶瓷》、《玉石珍宝》、《多彩服饰》、《中国古钱币》，展示中国古代艺术的绚烂与多姿；通过《长城》、《古民居》、《古典园林》、《寺·塔·亭》、《中国古桥》，回眸中国古代建筑史上的璀璨与辉煌；通过《民俗风韵》、《中国姓氏文化》、《中国家族文化》、《玩具与民间工艺》、《中华节日》，追溯中国传统礼仪、民俗文化的起源与发展；通过《中医中药》、《神奇的中医外治》、《中华养生》、《中医针灸》，领略中国传统医学的博大与精深；通过《中国酒文化》、《中华茶道》、《中国功夫》、《饮食与文化》，解读中国人"治未病"的思想与延年益寿的养生方法；通过《发明与发现》、《中外文化交流》，介绍中国科技发展的渊源与国际交流合作之路。

这套丛书真实地展现了中华文化的方方面面，作者以通俗生动的语言，在不长的篇幅内，图文并茂地讲述了丰富的历史、故事、传说、趣闻，突出知识性、可读性和趣味性，兼顾多国读者的阅读习惯，很适合对中华文化有兴趣的中外大众读者阅读。

参加本套丛书外文版翻译工作的人士，大都是多年生活在海外的华人学者，校译者多为各国的相关学者。在本套丛书出版之际，谨向这些热心参与本项工作的中外人士致以崇高的敬意和感谢。

本套丛书由中国山东教育出版社、中国百花洲文艺出版社和中国湖南科学技术出版社联合出版。2009 年 9 月，中国将作为主宾国，参加在德国法兰克福举办的国际书展。我们真诚地希望，这份凝聚着中国出版人心血的厚重礼物能够得到全世界读者的喜爱。

卢祥之

2009 年 1 月 15 日

《斗茶图》(宋)

目录 ＼

引 言

　　"开门七件事，柴米油盐酱醋茶。"茶是中国人之所爱，中国人的发现、发明。迄今世界上已有五十多个国家种茶、产茶，饮茶的人遍及一百七十多个国家。公元前440年成书的《尔雅》中屡屡出现"茶"字，说明在很早很早以前，中国便有"茶"的记载了。

　　中国人历来讲"道可道，非常道。名可名，非常名"，这虽然是中国古代哲学家老子的哲学思想观念，但中国历来重视"道"，将有关茶的生产、制作、饮用，作为"茶道"来概括，是将与茶相关的全部活动，升华到形成体系的思想学说的高度。中国人不轻易言"道"，不像日本国那样，茶有茶道，花有花道，香有香道，剑有剑道，摔跤有柔道。中国饮食活动能升华为"道"的，只有茶道。

　　茶道属于东方文化，茶道没有一个准确的定义。其中的"道"之味、之理，要靠个人的悟性去理解。中国著名农学家吴觉农(公元1897~1989年)先生认为，茶道是"把茶视为珍贵、高尚的饮料，因为品茶是一种精神上的享受，是一种艺术，或是一种修身养性的手段"。中国茶道精神的核心是"和"。中国茶道就是通过茶事活动的过程，引导人们在美的享受过程中走向"和"，完成品格修养。"茶道"一词首见于中国唐代著述《封氏闻见记》一书，唐代刘贞亮在《饮茶十德》中也明确提出："以茶可行道，以茶可雅志。"

那么，究竟什么是"茶道"呢？其实，"茶道"不是一个固定的、僵化的概念，倘若用心灵去感悟饮茶品茗时产生的玄妙，在茶事活动中融入哲理、伦理、道德，通过品茗来修身养性、品味人生、参禅悟道，便能获得精神上的享受和人格上的陶冶。"月印千江水，千江月不同。"虽然都是一轮明月，而映像各异。"茶道"如月，人心如水，各个饮茶人的不同感受，就是"茶道"吧。

中华文化丛书
ZHONGHUA WENHUA CONGSHU

中 华 茶 道

◀ 银茶具(唐)

品茶图（清）

清茶一盏也醉人

公元前32年，有一位叫王褒的四川籍书生，因赶考一路晓行夜宿，一天晚上，恰巧投宿在一位亡友的家中。这家有一个家童，名字叫"便了"，王褒让他去买酒回来喝，便了非常不情愿，心想：你一个投宿来的客人，也来支使我？便了不愿意去。王褒心中暗想：好呀，你一个家童，无非就是个伺候人的童子罢了，我让你去替我买酒，是看得起你。我是客人，支使不动你，我买了你，做你的主人，看我还支使得动你不！于是，王褒花了一万五千钱，从便了的主人那里，把便了买了过来，并和便了的主人订了一份《僮约》，里面明确规定了买下便了以后，便了要负责"买茶"、"尽具"的职责。这就是两千多年前西汉时传下来的买卖奴隶的契约——《僮约》。从这里能看到，古人已将茶视为经常需购、需备的生活必需品了。

中国著名文人林语堂先生20世纪30年代在《中国人的饮食》一文中写到："饮茶本身就是一门学问。有些人竟达到迷信茶的地步。有不

中华文化 丛书
ZHONGHUA WENHUA CONGSHU

中 华 茶 道

◀ 王褒画像

1

少有关饮茶的专门书籍，正如有不少有关焚香、酿酒饮酒和房屋装饰的书一样。饮茶为整个国民的日常生活增色不少。它在这里的作用，超过了任何一项同类的人类发明。饮茶还促使茶馆进入人们的生活，相当于西方普通人常去的咖啡馆。人们或者在家里饮茶；有自斟自饮的，也有与人共饮的；开会的时候喝茶，解决纠纷的时候也喝茶；早餐之前喝，午夜也喝。只要有一只茶壶，中国人到哪儿都是快乐的。这是一个普遍的习惯，对身心没有任何坏处。不过也有极少的例外，比如在我的家乡，据传说曾经有些人因为饮茶而倾家荡产。这只可能是由于喝上好名贵的茶叶所至，但一般的茶叶是便宜的，而中国的一般茶叶也能好到可供一位王子去喝的地步。最好的茶叶是温和而有'回味'的，这种回味在茶叶喝下去一两分钟之后，化学作用在唾液腺上发生之时就会产生。这样的好茶喝下去之后会使每个人的情绪为之一振，精神也会好起来。我毫不怀疑它具有使中国人延年益寿的作用，因为它有助于消化，使人心平气和。"

《僮约》（东汉） ▶

茶是中华民族的骄傲、自尊、自信和自豪。饮茶可以思源。世界著名科技史家、英国人李约瑟博士，将中国茶叶作为中国四大发明（火药、造纸、指南针和印刷术）之后对人类的第五个重大的贡献。公元760年中国唐朝陆羽写的《茶经》是世界上第一部关于茶的专著。因为茶有廉、美、清、和的品格并含有丰富的营养保健成分，所以，茶必然成为21世纪的饮料之王。

茶 之 和

自古茶常与盛世相联系，有"盛世尚茶"之说。茶中"和"的特性能使人头脑清醒，身心健康，精力旺盛，帮助人以科学和冷静的态度去掌握和利用自然规律，征服逆境，营造美好。茶能达到如此的境界，已不仅是茶叶的功能，更不是茶具使然，而是饮茶的人精心营造的一种氛围，是茶之"道"使然。茶道的核心是"和"，是和谐、自然，顺从茶性，从品茶的情趣中培养灵感，涤除积垢，品茗静思，还其本来性善，这就是茶能使人达到"和"境的原因吧。

◀《品茶图》局部
（明·文徵明）

譬如名茶碧螺春，凡是喝过碧螺春茶的人，都会由衷赞美

3

碧螺春鲜叶 ▶

它的嫩绿隐翠、叶底柔匀、清香幽雅、鲜爽生津的绝妙韵味。它那雅韵十足的"碧螺春"的名称是怎么来的呢？说起它的名称，这里面还有个趣味盎然的故事：碧螺春原名"吓煞人香"，人们一定会觉得这个名字怪怪的。相传在清康熙年间，有一年苏州市太湖洞庭山碧螺峰上的茶树长得特别繁茂，采茶姑娘们采下来的茶用竹筐装不下了，就把多余的茶放在怀中。茶得人体热气后透出一阵异香，采茶姑娘们争呼"吓煞人香"（苏州方言），此茶由此得名。以后不久，清朝皇帝康熙下江南，当地官员以此茶进献，康熙皇帝对这种茶大加欣赏，但觉得它的名称不雅，便据其采撷于碧螺峰，茶色碧绿，形曲似螺，又值于早春采撷，因此定名为"碧螺春"。从那以后，碧螺春茶就成为历年向皇帝进贡茶中的珍品。饮碧螺春茶要缓缓细品，才能享其珍品的滋味，"饮罢佳茗方知深，赞叹此乃草中英"。品茗的环境宜与心境结合，"普事故雅去虚华，宁静致远隐沉毅"，才能处处体现谦和和俭德。

　　"和"是儒、佛、道三教共通的哲学理念（儒是中国春秋战国时以孔子、孟子为代表的一个学派；佛是产生于印度的宗教信仰；道是一种源于中国的宗教流派）。茶道追求的"和"源于中国西周(约公元前11世纪~前771年)时期的《周易》一书，书中说到"保合大和"，万物皆有阴阳两个要素，阴阳协调，保全大和以普利万物才是人间真道。在儒家学派的眼中，"和"是中、度、宜、当，是一切恰到好处，没有过也没有不及。泡茶的速度掌握、程序的顺序表现了"酸甜苦涩调太和，掌握迟速量适中"的中庸之道；待客之先后、尊卑表现了"奉茶为礼尊长者，备茶浓意表深情"的明礼之伦。由此可见，茶道讲"和"，与中国文化、礼仪、文明和哲学有着深刻的情缘。

茶 之 静

公元前500年，春秋时期的思想家、哲学家、中国道家的创始人老子说过："至虚极，守静笃，万物并作，吾以观其复。夫物芸芸，各复归其根。归根曰静，静曰复命。"另一位哲学家庄子（约公元前369~前286年）也说："水静则明烛须眉，平中准，大匠取法焉。水静犹明，而况精神！圣

◀ 老子像

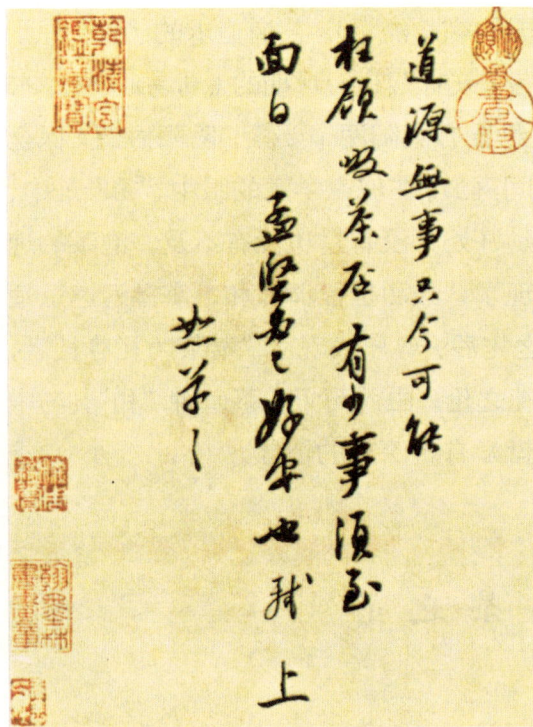

《啜茶帖》(宋·苏轼)▶

人之心静乎！天地之鉴也；万物之镜也。"老子和庄子所说的"虚静观"，是中国哲人追求的明心见性，洞察自然，反观自我，体悟道德的思想方法。这种观念，在中国的茶道中则演化为"茶须静品"的实践。

"静"是沉寂，无声无息，平平和和，是心态，也是饮茶者的品位。追求心境的清寂、宁静，修身养性，追寻自我。"静"是中国茶道修习的必由途径。

中国宋朝皇帝赵佶在《大观茶论》一文中曾经写到："茶之为物，……冲淡闲洁，韵高致静。"明朝著名的诗人、文学家徐祯卿（公元1479～1511年）在《秋夜试茶》诗里也说道："静院凉生冷烛花，风吹翠竹月光华。闷来无伴倾云液，铜叶闲尝字笋茶。"公元1233年著名大诗人戴昺在他的《赏茶》诗中说："自汲香泉带落花，漫烧石鼎试新茶。绿阴天气闲庭院，卧听黄蜂报晚衙。"饮茶的时候，静得连黄蜂飞动的声音都能清晰地听到，可见安静至极。宋朝大文豪苏轼(公元1037～1101年)，号东坡居士。他在《汲江煎茶》诗中写到："活水还须活火烹，自临钓石汲深清。大瓢贮月归春瓮，小勺分江入夜瓶。雪乳已翻煎处脚，松风忽作写时声。枯肠未易禁散碗，卧听山城长短更。"生动地描写了在幽静的月夜，临江汲水、煎茶、品茶虚静清幽的妙趣。

中国茶道正是通过茶事创造一种宁静的氛围和一个空灵虚静的心境。当茶的清香静静地浸润饮茶人心田每一个角落的时候，人的心灵便在虚静中显得空明，精神便在虚静中净化，在虚静中与大自然融和，达到"天人合一"的境界。静则平，静则明，静则虚，静则可虚怀，可以若谷，可以内敛，可以含藏，可以洞察入微。所以，茶道提倡"静"。

茶 之 怡

中国茶道是雅俗共赏之道，体现于日常生活之中，它不讲形式，不拘一格，突出"自恣以适己"的随意性，有着极广泛的群众基础。

中国汉代许慎(约公元58～约147年)所著的文字学专著《说文解字》注中说："怡者和也、悦也、桨也。"可见"怡"字的含意很广。中心的意思是和悦、愉快、调和、怡悦的精神状态与情感情怀。饮茶啜苦咽甘，能够激发人对生活的情趣，培养人的宽阔胸襟和不矫饰自负、处世温和、谦恭的良好品行。不同地位、不同信仰、不同文化层次的人对茶道有不同的追求。譬如，旧时期的皇亲国戚、巨贾权贵，

▼ 河北宣化辽墓壁画

他们追求的是"茶之珍贵"，展示各种仙品、茗品和茶具珍宝，意思主要在于炫耀权势，夸富示贵；一些文人墨客，追求的主要是"茶之风韵"，借茶友之小聚，托物寄怀，激扬文思，交朋结友；相信佛教的人，讲究"茶之德"，他们看重的是去困提神，参禅悟道；崇尚道家思想的人，注重"茶之功"，意思是在品茗当中求以养生，保生尽年，羽化成仙；而普通百姓品茶，最注重的是"茶之味"，主要是去腥除腻，涤烦解渴，享受人生。

但是，无论什么人都可以在饮茶、品茗中获得愉快和畅适。人们尽可一边饮茶，一边抚琴；一边听歌，一边伴舞；一边吟诗，一边作画；一边观月，一边赏花；还可以论经对弈、独对山水；自然也可以翠娥捧瓯，置酒助兴；轻松舒畅，怡情悦性，怡情养生，怡然自得。

茶 之 真

东方人的精神质朴自然。古代贤哲的观点认为，茶道应该至善，而至善的境界，就是格物致知的至诚，即是真理与真知

8

的结合。茶道的真谛，在于启发人的智慧和良知，使人在社会生活中性情求真，俭德行事，洁身正心，求敬求诚，将品茗之事，从洁身、正心，升华到"修心、齐身"的更高层面。茶道讲"真"，是真知之真，茶应当是真茶，味应当是真香，用水应当是真水，器具当然也应最好是真陶、真瓷。

以茶待客，敬客真情，说话真诚，心境平和。通过茶事活动，品茗抒怀，放飞心灵，涤除积垢，敦睦人际。"茶圣"陆羽在《茶经》中说："茶之性俭。"又说："茶，行优而有俭德者饮之甚宜。"茶人应戒绝奢侈，俭能养廉，茶的涤清能振奋浩然之正气；茶之味至甘，善饮之余，当能啜苦咽甘，还能够转移陈俗的风气，俭德行事。

可见，茶不仅是上好的饮品，而且有丰富的文化内涵，是哲学，是人生，是励志，是人的品位，是人的格调，更是人的追求了。

茶，中国的茶，不可不饮！

▼《事茗图》(明·唐寅)

云南古茶树

茶自何处来

公元 760 年前后，中国唐朝学者、"茶圣"陆羽在《茶经》中说："茶之为饮，发乎神农氏。"认为茶是神农发现的。传说有一天，神农在野外以釜锅煮水时，刚好有几片叶子飘进锅中，煮好的水，其色微黄，喝入口中生津止渴、提神醒脑，以神农过去尝百草的经验，他判断它是一种治病的药。在中国历史上，人们往往把一切与农业、植物相关的事物的起源都归结于神农氏，这种说法，不足凭信。中国历史上饮茶的记录很难确切地查明到底起源于什么年代，但有证据表明，世界上很多地方的饮茶习惯是从中国传过去的。所以，饮茶是中国人首创，而世界上其他地方的饮茶、种茶习惯都是直接或间接地从中国传过去的。

▶ 神农像

当然，也有证据表明，饮茶的习惯不仅仅是中国人发明的，在世界上的其他一些地方也可能是饮茶的发明地，比如印度和非洲。1824 年，驻印度的英国少校勃鲁士(R．Bruce)在印度阿萨姆省一个叫"沙地耶"(Sadiya)的地方发现有野生茶树，于是，有人以此为证对中国是茶树原产地提出了异议，开始认定茶的发源地在印度。而中国的确有千百年前的野生大茶树的记载，而且集中于甘肃、湖南和西南地区。

"茶之为饮，发乎神农氏"

神农，就是中国远古传说中的"三皇五帝"之一的炎帝，是中草药、茶叶、谷物的发明者，是传说中的农业神。他能让太阳发光，让天空下雨，他教人们播种五谷，又教人们识别各种植物，"神农尝百草"的传说历史久远。神农的种种功绩，使他成为中华民族文明的开山鼻祖之一。

传说在远古时期，人们吃的食物都是生的，因此经常生病，甚至丧命。神农决心尝遍所有的食物，好吃的放在身子左边的袋子里，给大家吃；不好吃的就放在身子右边的袋子里，作药用。他的肚子是透明的，能看到肠胃和吃进去的食物。为了知道各种草本的性质，神农亲口品尝，然后仔细观察它

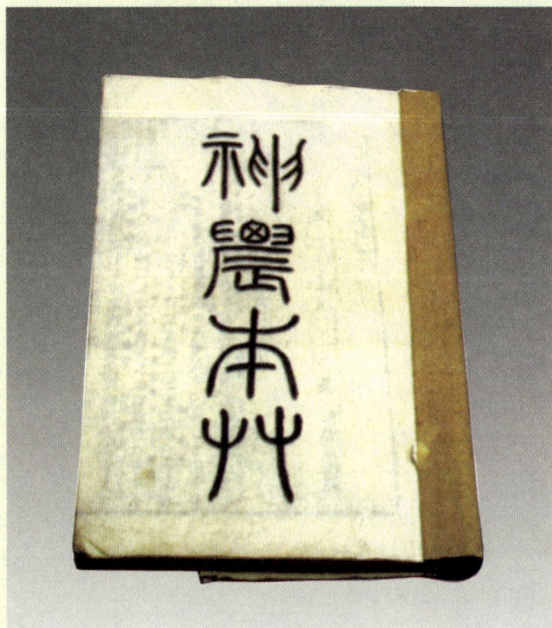

《神农本草》书影 ▶

们在肚子中的变化。为了给人治病，他经常到深山老林去采集草药，不仅要走很多路，而且还要亲口尝试，从而体会、鉴别草药的功能。据西汉初年的古书《淮南子》记载："神农尝百草之滋味，一日而遇七十毒。"书中说，有一天，神农在采药中尝到了一种有毒的草，顿时感到口干舌麻，头晕目眩。他赶紧背靠着一棵大树坐下，闭目休息。这时，一阵风吹来，树上落下几片绿油油的带清香味的叶子。神农信手捡了两片放在嘴里咀嚼，没想到一股清香油然而生。这种叶子吃进肚子里后，不一会儿，感觉舌底生津，精神振奋，他好生奇怪。于是，再拾起几片叶子仔细观察，他发现这种树叶的叶形、叶脉、叶缘均与一般的树木不同，他便采集了一些带回去仔细研究。后来，神农记住了这种叶子，并给它起了个名字叫"茶"。

▲ 神农画像

还有另一种说法，说茶是天神所赐，神农发现的。当时神农氏给人治病，不但需要亲自爬山越岭采集草药，而且还要对这些草药进行熬煎试服，以亲身体会、鉴别药剂的性能。有一天，神农氏采来了一大包草药，把它们按已知的性能分成几堆，就在大树底下架起铁锅，放入溪水，生火煮水。当水烧开时，神农打开锅盖，转身去取草药时，忽见有几片树叶飘落在锅中，立

《品茶图》局部（明·陈洪绶）▶

刻闻到一股清香从锅中散发出来。神农好奇地走近细看，只见有几片叶子漂浮在水面上，锅中水色渐呈黄绿，并有清香随着蒸气上升而缓缓散发。他用碗舀了点水喝，只觉味带苦涩，清香扑鼻，喝后回味香醇甘甜，而且嘴不渴了，人不累了，头脑也更清醒了，不觉大喜。于是他从锅中捞起叶子细加观察，发现烧水的火堆边并没有长这种叶子的树，心想：一定是天神念我年迈心善，采药治病之苦，赐我玉叶以济众生。自此，他一边继续研究这种叶子的药效，一边爬遍群山寻找这种树叶。一天，神农终于在不远的山坳里发现了几棵这种野生树，其叶子和落入锅中的叶片一模一样，熬煮后汁水黄绿，饮之味道也相同。神农大喜，遂定名为"茶"，并取其叶熬煎试服，发现确有解渴生津、提神醒脑、利尿解毒等作用。因此在百草之外，茶被认为是一种养生之妙药。据说，当年神农发现的这种"茶"，就是今天我们所熟悉的茶叶。

传说自是传说，故事仅归故事。那么，人类究竟是怎样养成了饮茶习惯的呢？经过人们多年来的探索，对这一问题的回答，大致有这样几种答案：一、祭品说。这一说法认为茶与一些其他的植物最早是用作祭品的，后来有人尝食后发现其食而无害，便"由祭品，而菜食，而药用"，最终成为饮料。二、药物说。这一说法认为茶"最初是作为药用进入人类社会的"。两千多年前中国汉朝的医学著作《神农百草经》中写到："神农尝百草，日遇七十二毒，得茶而解之"，就是很切实的说明。三、食物说。"古时先民茹草饮水"，"民以食为天"，这些中国流传数千年的民谚，不仅反映了早期人们基本生活，而且非常符合人类社会的进化规律。四、同步说。有人认为，"最初利用茶的方式方法，可能是作为口嚼的食料，也可能作为烤煮的食物，同时也逐渐为药料饮用"。现在看来，这种解释无疑是最恰当的。

中国西南地区是世界茶树的原产地

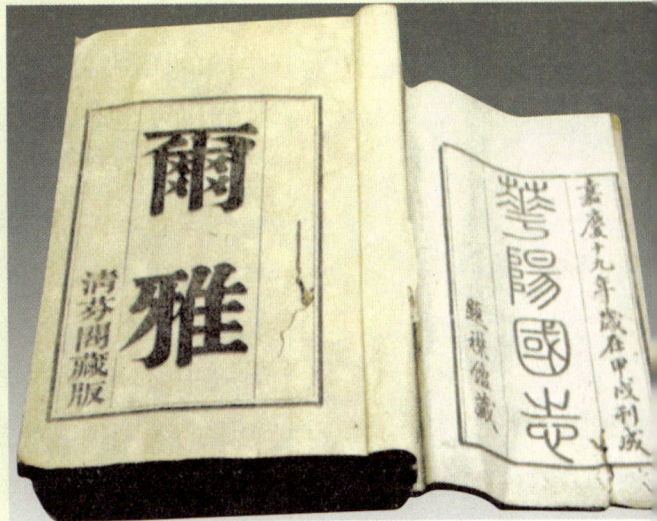

▼《华阳国志》书影

世界上许多学者认为中国云南的西双版纳是茶树的原产地。为什么这样认为呢？因为茶树是一种很古老的双子叶植物，人工栽培茶树的最早文字记载始于公元前206年的西汉的蒙山茶。这在《四川通志》中有确凿记载。公元前11世纪西周时期，"周武王伐纣，实得巴蜀之师，茶、蜜皆纳贡之"。这一记载表明在周武王伐纣时，巴国就已经以茶与其他珍贵产品纳贡与周武王了。经考证"茶"即"茶"。1972

年，中国湖南长沙马王堆出土的西汉墓中，发现陪葬木简中有"茶"字的异体字，说明西汉时期(公元前206～公元25年)湖南饮茶就已经十分广泛了。

说中国西南地区是茶树的原产地，这个说法也是有科学依据的。

云南西双版纳勐海南糯山的古茶树林 ▶

首先，从茶树的自然分布看，茶树所属的山茶科山茶属植物起源于上白垩纪至新生代第三纪，从地质学上说，白垩纪是中生代的最后一个纪，始于距今1.37亿年，结束于距今六千五百万年，其间经历了约七千万年。中国的西南地区位于劳亚古大陆的南缘，在地质上的喜马拉雅山运动发生前，这里气候炎热，雨量充沛，是热带植物区系的温床。

全世界茶科植物共有二十三属计三百八十余种，而在中国就有十五属，达二百六十余种，而且大部分都分布在云南、贵州和四川三个省。迄今已发现的茶属约有一百种，在云贵高原就有六十多种，由于茶属植物在中国西南地区的高度集中，表明中国的西南地区就是茶科植物的发源地。从地质变迁方面看，西南地区有川滇河谷和云贵高原，近一百万年以来，由于地壳的不断变化，使这一地区既有起伏的群山，又有纵横的河谷，形成了许多小地貌、小气候区，从而使最初的茶树原种逐渐变异，发展成了热带型、亚热带型、温带型的不同叶种茶树。

距今约二百六十万年前的第四纪以来，云南、四川南部和贵州一带，由于受到冰河期灾害较轻，因而保存下来的野生大茶树也最多。1961年，在海拔1,500米的云南省勐海县巴达大黑山密林中，发现一株树高32.12米、树围2.9米的野生大茶树，树龄已达一千七百年左右，周围都是参天古木。据报道，在海拔2,190米的云南省澜沧县黑山原始森林中，也有一株树高21.6米、树围1.9米的野生大茶树。在勐海县南糯山还有一株大茶树，树高55米、树冠10.9×9.8米、树围1.4米，据当地哈尼族史传记载，此茶树种植已经历五十五代，达八百年之久。

中国云南西双版纳是植物的王国，有原生茶树种类存在完全是可能的，但深究一下，可以发现，是这一说法又有"人文"方面的某些因素。因为茶树是可以原生的，而茶则是文化、社会化的成果。

清朝(公元1616～1911年)大学者顾炎武写过一本《日知录》，书

◀ 云南老茶树

17

中说:"自秦人取蜀以后,始有茗饮之事。"这就是说,公元前221年秦朝人进入四川之后,四川一带的人便开始饮茶、品茶了。公元760年前后的唐朝陆羽《茶经》可以佐证,书中说:"其巴山峡川,有两人合抱者。"说明这一地区在公元前221年左右就既有茶树,又知饮茶的历史事实。

公元前5000年至公元前3300年,中国长江流域下游地区有一处古老而丰富的新石器文化区域,这就是余姚河姆渡文化。它主要分布在杭州湾南岸的宁绍平原及舟山岛,这一区域的社会经济是以稻作农业为主,兼营畜牧、采集和渔猎。在遗址中普遍发现有稻谷、谷壳、稻秆、稻叶、橡子、菱角、桃子、酸枣、葫芦、薏米仁和茶叶与藻类植物遗存。于是,有人认为江浙一带目前是中国茶叶行业最为发达的地区,有可能茶树的历史也很久远。当然,在远古时期肯定不止一个地方有自然生长的茶树存在,有茶树的地方也不一定就能够发展出饮茶的习俗。

云南思茅茶园 ▶

根据比较公认的认识，中国人的祖先在三千多年前已经开始栽培和利用茶树。然而，茶树起源于何时？必然比这更早。历史学家无从考证的问题，现在由植物学家解决了。按植物分类学方法来追根溯源，经一系列分析研究，植物科学家认为茶树起源至今已有六千万至七千万年历史了。资料表明，中国有十个省区一百九十八处发现野生大茶树，有的树龄已达一千七百年左右，个别地区，甚至野生茶树群落大至数千亩。中国迄今已发现的野生大茶树，时间之早，树体之大，数量之多，分布之广，性状之异，堪称"世界之最"。

▲ 乔木型大茶树

另外，经过植物学家研究，印度的野生茶树与从中国引入印度的茶树同属中国茶树之变种。从茶树的进化类型来看，茶树在其系统发育的过程中，总是不断进化的。因此可以断定，凡是原始型茶树比较集中的地区，就是茶树的原产地。而中国西南三省及其毗邻地区的野生大茶树，既有千万年的生长、栽植和进化的历史，又具所有原始茶树的形态特征和生化特性，这就证明了中国的西南地区是世界茶树原产地的中心地带。

■ 清末经上海港出口的外销茶

茶的传播

　　茶是植物，但又不仅仅是一般的种植或观赏的普通树种。中国虽然是茶树的原产地，但就世界范围来说，中国对人类的贡献，更主要的是中国最早发现并利用茶这种植物，并把它发展成为对人类有益的、具有广泛性和世界性的茶文化。

　　中国和世界的茶文化，最初是在巴、蜀（今四川地区）发展起来的。公元前32年王褒所著的《僮约》一文中有"烹茶尽具"及"武阳买茶"两句。前一句反映成都不仅饮茶成风，而且出现了专门的用具；后一句说明茶叶在当时已经成为商品了，出现了叫"武阳"地名的茶叶专卖店或茶叶的交易市场。

　　其实，早在公元前206年的西汉初期，中国西南中心城市成都地区已成为中国茶叶的一个消费中心。受其影响，茶的加工、种植，首先向东部、南部传播。如湖南茶陵，本是公元前二百年左右设立的一个县，以其地出茶而命名为"茶陵"。茶陵邻近江西、广东边界，表明西汉时期茶的生产已经传到了湘、粤、赣毗邻地区。随着茶在全

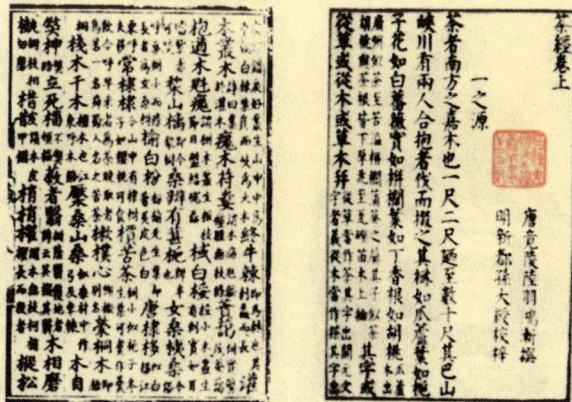

中华文化丛书
ZHONGHUA WENHUA CONGSHU

中　华　茶　道

◀ 明版本《茶经》书影

国不断地传播和发展，也由于地理上的有利条件，长江中游乃至整个华中地区，在中国茶文化传播上的地位逐渐重要起来，苏、皖、赣、鄂、湘、桂地区，成为中国茶文化传播和发展的主要区域。由于中国茶叶生产及人们饮茶习惯形成风尚，对国外产生了巨大的影响。

一方面，历代朝廷在沿海的一些港口专门设立机构管理海上贸易，包括茶叶贸易，准许外商购买茶叶运回本国；另一方面，有些到中国来的外国人将茶及茶文化风尚带回本国，对中国茶文化的传播也产生了影响。如唐顺宗永贞元年(公元805年)，日本最澄禅师从中国研究佛学回国，把带回的茶籽种在日本滋贺县。公元815年，日本天皇到滋贺县梵释寺进香，寺僧献上香喷喷的茶。天皇饮后非常高兴，遂大力推广饮茶，于是茶树在日本得到大面积栽培。到公元960年前后的宋代，日本荣西禅师又来中国学习佛学，归国时不仅带去了茶籽播种，并根据中国寺院的饮茶方法，制定了自己的饮茶仪式。这位得道高僧在其晚年所著的《吃茶养生记》一书中，详细记载了茶的饮用方法、器具，对日本"茶道"的

左图：日本的茶祖荣西禅师 ▶
右图：日本第一本茶书《吃茶养生记》书影

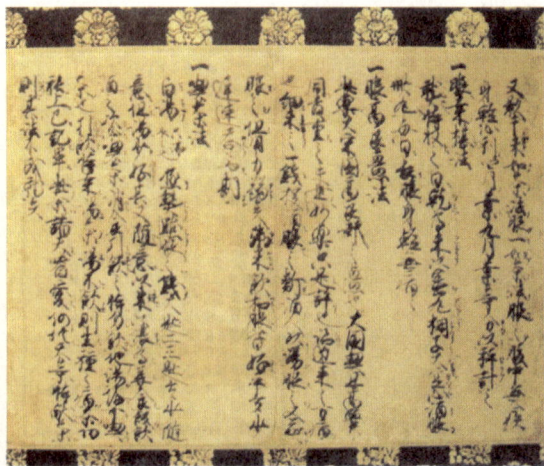

形成产生了很大的影响，此书也被称为"日本第一部茶书"。书中称茶是"圣药"、"万灵长寿剂"，这些提法对推动千百年来日本社会饮茶风尚的发展，起到了积极的作用。宋、元期间(公元960～1368年)，中国对外贸易的港口增加到八九处，这时的陶瓷和茶叶已成为中国的主要出口商品。

▲ 郑和画像

公元1368年以后，明朝政府更是采取积极的对外政策，公元1405年7月11日，也就是明永乐三年，皇帝朱棣任命一位叫郑和的大臣率领庞大的由二百四十多艘海船、两万七千四百名船员组成的船队远航，访问了三十多个西太平洋和印度洋一带的国家和地区。一直到公元1433年，郑和率他的船队一共远航了八次之多。最后一次，明宣德八年(公元1433年)四月回程到古里(印度科泽科德)时，郑和在船上因病逝世。郑和船队曾到达过爪哇、苏门答腊、苏禄、彭亨、真腊、古里、暹罗、阿丹、天方、左法尔、忽鲁谟斯、木骨都束等三十多个国家，最远曾到达非洲东岸、红海、麦加，还有可能到过澳大利亚。每一次远航，船队都带有大量的茶叶，郑和每到一地，都会拜会当地的国王或酋长，同他们互赠礼品，向他们表示通商友好的诚意，还同各国商民交换货物，平等贸易，加强了与这些地区的经济联系，从而也使中国的茶叶向这些地区和国家的输出量大增。

唐、宋至明朝中叶，西欧各国的商人先后与中国建立早期商贸关系，转运中国茶叶，并在本国上层社会推广饮茶。史书有明确记载的是明神宗万历三十五年(公元1607年)，荷兰海船自爪哇来中国澳门贩茶转运欧洲，这是中国茶叶直接销往欧洲的最早记录。以后，茶成为荷兰人最时尚的饮料。由于荷兰人的宣传与影响，饮茶之风迅速波及英、法等国家。公元1631年，英国一位名叫"威忒"的船长专程率船队东行，首次从中国直接运回大量茶叶。公元1616年之后，饮茶之风逐渐波及欧洲一些国家，由于茶叶最初传到欧洲时价格很贵，荷兰人和英国人都将其视为奢侈品。后来，随着茶叶输入量的不断增加，价格逐渐下降，茶慢慢地成为欧洲民间的日常饮料。

茶自传入欧洲后，最初许多国家的人们虽然认识了茶，知道茶能助消化、提精神，但并没有重视它。唯独在英国，掀起了举国上下的饮茶风尚。在16世纪以前，英国人只是喝咖啡，自从茶叶输入后，人们发现茶有胜过咖啡的特点，朝野交相提倡，于是逐渐养成饮茶的习惯。英国皇家贵族贝德佛公爵夫人就有每天下午四点钟坐下来喝喝茶的习惯，喝茶以后，她的精神才能振作。想不到她的这个习惯竟不胫而走，逐渐扩展至全国每一个角落，蔚为风气。从公元1840年起，历经数代，英国各阶层国民每日有"上午茶"(上午十点半钟)与"下午茶"(下午三至五点钟)，形成了有规律的生活，他们郑重其事地把每日的两次饮茶视为工作过程中的精神调剂。据说英国贵族开始喝茶时，

清代茶叶出口 ▲

只有家中的女主人才有动手泡茶的权利，仆人或婢女顶多只能帮忙摆摆桌子，烧烧开水，等到这些泡茶的程序都准备好了，女主人才会从她们的衣柜里将中国茶罐以及茶杯、茶壶拿出来，小心地泡好茶之后，再端给她的客人们去品、去喝。几百年来，英国成了世界上最大的茶叶消费国。

印度是世界上红碎茶生产和出口最多的国家。印度虽也有野生茶树，但是很多年前印度人并不知道种茶和饮茶，到公元1780年，英国和荷兰才开始从中国输入茶籽在印度种茶。印度最有名的红碎茶产地阿萨姆，就是公元1835年由中国引进茶种开始种植的。到19世纪，中国茶叶几乎遍及全球。据史料记载，公元1886年一年中，中国茶叶出口量就达二百六十八万担（一担折合一百市斤，即五十公斤）。

西方各国语言中"茶"一词的发音，许多都源于当时中国海上贸易港口福建、广东方言中"茶"的读音。所以说，中国不仅带给了世界茶的读音、茶的名字而且传播了茶的知识、茶的栽培加工技术、茶的文化。全世界各国的茶，都直接或间接地与中国茶有着千丝万缕的联系。

《蕉荫煮茶图》(傅抱石)

制茶小史

制茶历史悠久。传说很多年前，武夷山茶农每家都供奉着茶神杨太白君的牌位，每到清明节过后，开始采茶、制茶，事先都要祭祀他，求他保佑茶叶丰收，制茶顺利。有人说，如果不祭祀他，茶叶就会减产，制出的茶叶质量不好。现在虽然没有这些供奉礼仪了，但还流传着有关茶神杨太白君的传说。

杨太白的家乡有一年遭了一场大水，他孤身一人逃难到了福建崇安武夷山。他来到一个小村庄，帮人做点零活。当时他二十多岁，风华正茂，有的是力气，做事从不偷懒，周围的村民都很喜欢他。武夷山中终日云雾缭绕，雨水多，日照短，气候温和、湿润，满山遍野都是野生的茶树，但谁也不知道茶树有什么大的用途，任其自生自灭，谁也不去管它。听老人说，遇到荒年，没有吃的，茶叶比树皮、草根还要好吃一些。不过武夷山的村民有个习惯，他们认为茶树的叶子可以治病、提

中华文化丛书
ZHONGHUA WENHUA CONGSHU

中华茶道

◀ 武夷山御茶园

神、助消化、止痢、解暑，所以到谷雨前后，每家每户都会让妇女、小孩去摘一点回家，以防万一有个小毛病，就拿它来煮水喝。有一天，杨太白跟着一群妇女、小孩上山去采摘茶叶，他挑着竹筐，跑到山上，见山峰青翠，流水淙淙。他越看越想看，走了一峰又一峰，边走边采，也不觉得劳累，只顾一直往前走去，最后只剩下他独自一人。到了下午，当他坐下来休息的时候，他才感到肚子很饿，疲惫不堪，精神恍惚，不觉睡去了。杨太白所采的茶叶，经过太阳暴晒，全部晒软了，像空心菜被开水烫过一样。当他一觉醒来，太阳已经落山了。山区天黑得早，他赶忙起来准备回家，后悔不该贪睡。他见竹筐里的茶叶都蔫巴巴的，用手去抖、去抄，因叶子粘连在一起，怎么也抖不开、抄不散了。这时，他却闻到一阵阵清香，跟过去闻到的茶叶不一样。他随手抓了几片叶子塞进嘴里嚼起来，越嚼越香，口中生津，精神倍增，也不觉得劳累和眼花了。他很欣喜，赶忙挑着竹筐下山回家去。

　　武夷山群峰已蒙上层层白雾，鸟儿叫着归巢，村里人家也都点上了松明，这时，杨太白才挑着茶回到家。武夷山的夜晚，虽是春夏之交，还是寒风习习。他生火煮饭，灶火很旺，屋里暖烘烘的，等吃过饭，放在一边的茶叶又干了许多，一阵阵的清香溢出门外，全村的人都闻到了，感到奇怪，不知香从何来？第二天早上，人们才知道是杨太白家里的茶叶香，大家都跑来看，一进屋更感到香气扑鼻。一看那茶叶，片片蜷缩，大家就说杨太白发疯了，茶叶被火烤成这个枯焦的样子，药性都没了，不能治病。按照老规矩，山里人采回来的茶叶要捣烂，揉成一团，晾干、装好即成茶药了。像杨太白家这样的茶叶，他们还是头一回看见，难怪要责怪他。可是，把采来的茶叶制成药，按老规矩，不晒、不烤，放久了，有的就会发霉、变质，不能用，有的虽不发霉，但有一股冲鼻的青草味道，吃起来还会苦涩。而杨太白的茶，一年放下来，用水冲服，不仅很香，喝起来还有甘味，口里生津，也能治病。这消息一传开，来向杨太白讨茶叶的人就多了，有的要来治病，有的人吃上了瘾，每天吃一点，人就感到舒服，不吃就感觉缺了什么似的。

　　杨太白不知经过多少

▲ 盛产乌龙茶的武夷山胜景

年的实践、摸索，发明了晾干、揉青、烘、焙、分级的一整套制茶工艺。杨太白制的茶叶为人们所称道，一传十，十传百，整个武夷山人都学着杨太白制茶，制出了许多的名茶，武夷山茶叶也因此而出名了。

实际上茶最早是野生的，作为饮品，必须对它进行加工。由于人们对茶有不同的需求，因此要求制茶的方法也不一样。于是，从生煮茶叶羹饮，到制成饼茶、散茶；从最初基本不用加工的绿茶，到经过加工的复杂茶类；从手工操作制茶到机械化加工制茶。在这漫长的探索过程中，制茶的方法也得到不断的改进和变革，各种新技术、新工艺的发明、发现，都运用到了制茶的全过程。

早期先民们从茶叶的生煮羹饮到晒干储存备用，经历了一个漫长的认识和摸索过程。生煮茶很像现代生活中的煮菜汤，这种习惯沿袭很久。直到今天，中国少数民族的基诺族仍有吃"凉拌茶"的习俗。

早期有的地方习惯将鲜茶叶揉碎了放到容器中，加入一些水、黄果叶、大蒜、辣椒和盐拌匀，

历史上第一座皇家茶厂▶
——顾渚贡茶院遗址

30

作为羹饮；还有的地方习惯在食用稻米粥中加鲜茶叶作食饮。公元627年前后《晋书》中有一段记载："吴人采茶煮之，曰茗粥。"这

▶ 晾青架

说明在唐朝就有吃茶粥的习惯。

在后来的许多年里，人们觉得把鲜茶叶制成茶饼，有很浓的青草味(就是青气)，试图在技术上学作进一步的改进。经过反复实践，人们发明了蒸青制茶。这就是将茶的鲜叶蒸后碾碎，贯串烘干，去其青气。但经过品尝后，发现这样制出的茶仍有苦涩味，于是又经过改良、实践，采取洗涤鲜叶、蒸青压榨的方法，这样加工后的茶叶，苦味、涩味就基本消除了。

中国从唐朝到宋朝，政府机构中一直设有贡茶院，实际上就是皇家承办的制茶厂，并设有专门官员，管理制茶机构，研究制茶技术。由政府来办专门的制茶机构，不仅是为了皇家御用的需要也大大促进了茶叶生产技术的发展和质量的提高。

唐代陆羽的《茶经》记述道："晴，采之，蒸之，捣之，拍之，焙之，穿之，封之，茶之干矣。"说明在公元760年前后，人们对茶的生产、加工、制作经验就有了一定的总结。今天，人们通过这本古老的书，可以知道完整的蒸青茶饼的制作工序为：蒸茶、解块、捣茶、装模、拍压、出模、列茶、晾干、穿孔、烘焙、成穿、封茶。

龙凤团饼茶线描图 ▶

到了宋代，也就是公元960年以后，中国的制茶技术发展更快。在东南地区、沿海一带，制茶卖茶已形成相当规模的产业。今天我们在北京故宫博物院收藏的公元1110年成画的《清明上河图》画卷中，不仅可以看到当时的舟车、市桥、郭径，公元960年左右的北宋京城汴梁以及汴河两岸的繁华景象和自然风光，在画卷后段，还可以看到热闹的市区街道，以高大的城楼为中心，两边的屋宇鳞次栉比，尤其是茶坊、酒肆、布店、肉铺、庙宇、公廨等林立，说明制茶、饮茶已成为当时人们生活中不可或缺的内容。

这一时期新的茶叶品种不断涌现。北宋年间，做成团片状的龙凤团茶十分盛行。公元1119年成书的《宣和北苑贡茶录》有记述："宋太平兴国初，特置龙凤模，遣使即北苑造团茶，以别庶饮，龙凤茶盖始于此。"这一段话，说明了这一盛况。龙凤团茶的制作工艺，据此书记载共有六道工序：蒸茶、榨茶、研茶、造茶、过黄、烘茶。具体的制作方法是：茶芽采回后，先浸泡水中，挑选匀称的芽叶进行蒸青，蒸后用冷水清洗，然后经过一次小榨去水，再经过一次大榨去茶汁，去汁后置于瓦盆内兑水研细，再入龙凤模子压饼、烘干。在龙凤团茶的制作工序中，用冷水快冲可保持绿色，这样虽然提高了茶叶的质量，但水浸和榨汁的制作方法，由于夺走真味，使茶香流失，而且整个制作过程耗时费工。这些情况的出现，促使了蒸青散茶的生产。

从团饼茶到散叶茶，古人在蒸青的制作过程中，为了克服苦味难除、香味不正的缺点，逐渐采取蒸后不揉不压，直接烘干的做法，将蒸青团茶改造为蒸青散茶，这样既保持了茶的香味，同时也提高了对散茶品位和品质的要求。据《宋史》记载："茶有两类，曰片茶，曰散茶。"这里说的片茶，即是饼茶。元代（公元1279～1368年）学者王桢在《农书》一书中对当时制蒸青散茶的工序有详细记载："采讫，一甑微蒸，生熟得所。蒸已，用筐箔薄摊，乘湿揉之，入焙，匀布火，烘令干，勿使焦。"到了明代，由于明太祖朱元璋于公元1391年下诏，废除龙团茶而提倡制散茶，于是，在朝廷的干预下，蒸青散茶大为盛行。

◄ 按照唐宋时期制作工艺仿制的团饼茶

33

在制茶工艺中，生茶经过蒸制，利用蒸气来破坏鲜叶中的活性酶，形成了干茶色泽深绿，热水泡茶浅绿和沸水泡茶青绿的品质特征。尽管这样，茶的香气仍是比较沉闷，还带有青气，尤其是还有生茶的那股涩味，有的茶叶这种苦涩还比较重。从蒸青到炒青相比饼茶和团茶，茶叶的香味在蒸青散茶里得到了更好的保留，然而，使用蒸青方法也存在着香味不够浓郁的缺点。对这种状况需要改良，于是就出现了利用干热发挥茶叶优良香气的炒青技术。炒青就是经过炒青锅的翻炒，使茶叶干燥、去涩而由生变熟。这种技术实际上由来已久。唐朝大诗人刘禹锡(公元772～842年)在他的《西山兰若试茶歌》中曾写到："山僧后檐茶数丛，斯须炒成满室香"，又有"自摘至煎俄顷余"等句，说明嫩叶经过炒制而满室生香，这大概是关于炒青绿茶早期的文字记载。当然，最初时推行还不广泛，慢慢的，炒青技术不断地得到完善。

◀ 碧螺春茶园

中国制茶史从公元618年唐朝建立以后，经过七百五十年的改进，到公元1368年元朝后期，炒青茶逐渐增多，宋朝人蔡襄（公元1012～1067年）写了一本《茶录》，总结了茶的制法。全书分为上下两篇，上篇论茶，分色、香、味、藏茶、炙茶、碾茶、罗茶、候茶、点茶，主要论述茶汤品质和烹饮方法；下篇论器，分茶焙、茶笼、砧椎、茶钤、茶碾、茶罗、茶盏、茶匙、汤瓶。《茶录》是继陆羽《茶经》之后最有影响的论茶专著，里面对炒青制法有详细记载。其制法大体为高温杀青、揉捻、复炒、烘焙至干，通过不同加工方法，工艺流程，从不发酵、半发酵到全发酵所引起的茶叶内质的变化，使茶叶从鲜叶到原料，通过不同的加工方法，制作成各类色、香、味、形的茶叶。

■ 西湖龙井茶园

茶中有什么

凡是茶叶都含有茶多酚。茶多酚又叫"茶鞣质"、"茶单宁"，是茶叶中儿茶素类、丙酮类、花色素类化合物。这种物质具有很强的抗氧化作用，而且没有潜在的毒副作用。对食品中的色素和维生素类还有明显的保护作用，能帮助食品在较长时间内保持原有色泽与营养，并能消除异味。

基本茶类

茶叶的分类没有严格、统一的方法，一般是根据制造方法和品质差异来划分。专业当中根据茶中茶多酚的氧化聚合程度，由浅入深将各种茶叶归纳为六大类，即绿茶、黄茶、白茶、青茶、黑茶和红茶。绿茶茶多酚氧化最轻，红茶最重。习惯上这六大茶类被称为"基本茶类"。这些类别的茶，有许许多多的品种，每一个品种都有自

◀ 龙井炒制工厂

西湖狮峰茶园 ▶

己的名称。

　　茶的名称可谓五花八门，令人眼花缭乱。有的是根据茶叶形状而命名，如珠茶、银针等；有的是结合产地的山川名胜而命名，如西湖龙井、普陀佛茶等；有的是根据民间传说和历史故事命名，如大红袍、铁观音、碧螺春等。绿茶珍品龙井茶，产自浙江杭州的西湖，那里三面环山，一碧如玉。西湖的西南方有个龙井村，村的四周峰峦秀美，云雾缭绕，是著名的龙井茶产区。

　　传说，有一年清朝皇帝乾隆视察江南，来到龙井村附近狮子峰下的胡公庙休息。庙里的和尚端上当地的名茶。乾隆精于茶道，一见那茶，不由叫绝。只见洁白如玉的瓷碗中，片片嫩茶犹如雀舌，色泽墨绿，碧液中透出阵阵幽香。他品尝了一口，只觉得两颊生香，有种说不出来的舒爽感。于是，乾隆召见和尚，问道："此茶何名？产于何地？"和尚回答说："启禀皇上，这是小庙所产的龙井茶。"乾隆一时兴发，走出庙门，只见胡公庙前碧绿如染,十八棵茶树嫩芽初发,青翠欲滴,周围群山起伏,宛若狮形。此时乾隆龙心大悦。茶名龙井,山名狮峰,都似乎预兆着他彪炳千秋的功业,况且十八又是个大吉大利的数字,而那茶确实又赏心悦目,甘醇爽口,于是乾隆当场封胡公庙前的十八棵茶树为"御茶"。从此,龙井茶便名声远扬。

中国十大名茶之一的大红袍也很珍贵,它出产于福建省武夷岩。当地产有不少茶,统称"乌龙茶",而大红袍则是其中的珍品。在福建崇安东南部的武夷山,当地栽种的茶树有"四大名枞",即大红袍、铁罗汉、白鸡冠、水金龟,为首的便是大红袍。

大红袍的名称来源于一个传说。古代的时候,有一位穷秀才上京赶考,路过武夷山时,病倒在路上,幸好被天心庙老方丈看见了。老方丈把这个秀才扶进庙中,泡了一碗茶给他喝。不一会儿,秀才的病就好了。后来秀才金榜题名,中了状元,还被招为"东床驸马"(皇帝的女婿)。第二年春天,状元来到武夷山谢恩,他在老方丈的陪同下,前呼后拥,到了武夷山上

◀ 大红袍茶叶

大红袍茶水 ▶

的九龙窠。他看见峭壁上长着三株高大的茶树，枝叶繁茂，吐着一簇簇嫩芽，在阳光下闪着紫红色的光泽，煞是可爱。老方丈说："去年你路过此处患病，我就是用这种茶叶泡茶为你治好的。这种茶每逢春天发芽时，采下茶叶，炒制后收藏，可以治百病。"状元听了要求采制一盒进贡皇上。第二天，庙内烧香点烛、击鼓鸣钟，召集大小和尚，向九龙窠进发。众人来到茶树下焚香礼拜，齐声高喊："茶发芽！"然后采下芽叶，精工制作，装入锡盒。状元带着这神茶回到京城，正遇上皇后患肚痛鼓胀，卧床不起。皇帝很着急，到处找名医诊治，但效果甚微，无奈之际，听说状元有一种茶，能治百病，而且效果奇特，于是，立即召见状元献茶。皇后饮后，果然茶到病除。皇帝非常高兴，赏赐给状元一件大红袍，让状元代表自己去武夷山封赏。状元一路上礼炮轰响，火烛通明。到了武夷山的九龙窠，状元让一位樵夫爬上半山腰，将皇上赏赐的大红袍披在茶树上，以示皇恩。说也奇怪，等掀开大红袍时，三株茶树的芽叶在阳光下闪出红光，大家都说这是大红袍染红的。于是，后来人们就把这三株茶树叫做"大红袍"了。以后又有人在石壁上专门凿刻了"大红袍"三个大字。从此"大红袍"就成了这种茶的名称，也成了年年岁岁的贡茶。

说起贡茶，最早将茶作为"贡品"的是周武王。据《华阳国志·巴志》记载，大约在公元前1025年，周武王姬发率周军及诸侯伐灭殷商的纣王之后，便将其一位宗亲封在巴地。这是一个疆域不小的邦国，它东至鱼凫(今四川奉节东白帝城)，西达焚道(今湖北宜宾市西南安边场)，北接汉中(今陕西秦岭以南地区)，南及黔涪(相当于今四川涪陵地区)。巴王作为诸侯，理所当然要向周武王(天子)上贡。《华阳国志·巴志》中为我们开具了这样一份"贡单"：五谷六畜、桑蚕麻盐、鱼锡铜铁、丹漆茶蜜、灵龟巨犀、山鸡白鹅、黄润鲜粉。既是贡品，一定珍贵。而巴王上贡的茶却是珍品中的珍品，因为《华阳国志·巴志》在这份"贡单"后还特别加注了一笔："其果实之珍者，树有荔枝，蔓有辛蒟，园有芳蒻香茗。"上贡的茶不是深山野岭的野茶，而是专门有人培植的茶园里的香茗。《华阳国志·巴志》是我国保存至今最早的地方志之一，作者是东晋时代的常璩（字道将），蜀郡江原（今四川崇庆东南)人，是一个既博学又重实地采访的学者。他根据宏富的资料，于公元355年前撰写了这部长达十二卷规模的书，很有史料价值。

▲ 云南茶马古道上的马帮

周武王接纳了茶这宗贡品后是用来品尝、药用，还是别有所为，我们不得而知。但从《周礼》这本书中似可探知茶还有别的用处。《周礼·地官司徒》中说："掌荼。下士二人，府一人，史一人，徒二十人。""荼"即古"茶"字。掌荼在编制上设二十四人之多，这些人干些什么事呢？该书又称："掌荼：掌以时聚荼，以供丧事；征野疏材之物，以待邦事，凡畜聚之物。"原来茶在那时不仅是供口腹之欲，而且还是邦国在举行丧礼大事时的必不可少的祭品，必须要有专门一班人来掌管。由此可见，茶在三千多年前的周朝时，即已有了相当高的地位。

绿茶

茶中以绿茶的品种最为丰富，名称也最多。其中珍品、名品有炒青绿茶，即眉茶：炒青、特珍、珍眉、凤眉、秀眉、贡熙等；珠茶：珠茶、雨茶、秀眉等；细嫩炒青：龙井、大方、碧螺春、雨花茶、松针等。烘青绿茶，即普通烘青：闽烘青、浙烘青、苏烘青等；细嫩烘青：黄山毛峰、太平猴魁、华顶云雾、高桥银峰等。晒青绿茶，即滇青、川青、陕青等；蒸青绿茶，即煎茶、玉露等。绿茶数量最多，饮用最广，所以也是最主要的茶类。绿茶是未经发酵的，特点是汤清叶绿。绿茶产区最大，在六大茶类中产量最高。

西湖龙井 ▶

绿茶的制作方法是将采摘来的鲜叶先经高温杀青，杀灭了各种氧化酶，保持茶叶绿色，然后经揉捻、干燥制成。

绿茶中的绝品是龙井茶。因其产地与炒制技术的不同，可分

为狮、龙、云、虎四个系（产地即狮峰、龙井、云栖、虎跑），今已归并为狮峰龙井、西湖龙井、梅坞龙井三大品类，其中狮峰龙井最为珍贵，采于谷雨前更佳，成品以色翠、香味浓郁、味甘、形美"四绝"而著称于世，一向有"国茶"的称谓。传说在晋朝，有一位著名的方士(就是炼丹的道人) 叫"葛洪"（公元284～364年），他为了炼丹，到处寻找合适的炼丹地点，找来找去，找到了出产龙井茶的地方。这地方有口井，当时经常干旱，老百姓到这个地方焚香求雨，每求必应。人们辗转相传，说这个地方的井与东海相通，其中有"龙"，龙作云雨。日子久了，人们便把这个地方叫"龙井"了。

绿茶中的黄山毛峰，产于安徽黄山风景区，也是绿茶中的名品。特级黄山毛峰产于桃花峰的桃花溪两岸的云谷寺、松谷庵、吊桥庵、慈光阁以及海拔一千二百米的半山寺周围。黄山毛峰芽叶肥壮匀齐，白毫显露，形如雀舌，成茶色泽嫩绿微黄，

泛象牙色，鱼叶金黄，香郁味醇，回味甘甜，很耐冲泡。

2003年7至8月，日本《读卖新闻》曾有报道说，日本东北大学医学系的栗山进一讲师通过临床调查发现，每天喝两杯以上绿茶的人比每周喝不足三杯绿茶的人，发生老年痴呆症、识别功能障碍等的倾向要小得多。栗山的科研小组以一千名七十岁到九十六岁的男女为对象，做了一次喝绿茶频次等生活习惯的调查，此后又测试了他们的记忆力和图形描绘等认知功能的现状。结果表明，每天喝绿茶两杯以上者比每周不足三杯者患识别障碍的可能性下降50%，每天喝两三杯者与每天喝四杯以上者没有大的区别。这个科研小组认为，每天喝两杯绿茶就可以收到明显效果。而世界上另一种著名饮料——咖啡，经研究，就不具有这种效果。研究结论是：因为咖啡不含有绿茶的精髓——儿茶素。绿茶中的儿茶素，不仅抗氧化能力强，具有抗癌效果，还能够抑制人体的血管老化，起到净化血液的作用。

黄茶君山银针 ▼

黄茶

黄茶的名品有：黄芽茶，即君山银针、蒙顶黄芽和霍山黄芽；黄小茶，即北港毛尖、沩山毛尖、温州黄汤；黄大茶，即霍山黄大茶、广东大叶青等。黄茶是当绿茶炒制过程中温度偏低，或者杀青时间偏长，杀青后未及时摊凉或揉捻，或者因堆积

过久茶叶变黄而制成的茶。公元1597年明代许次纾著的《茶疏》一书中，就记载了这种演变、制作的过程。

黑茶

黑茶的名品有湖南黑茶，即安化黑茶；滇桂黑茶，即普洱茶、六堡茶等。黑茶是当绿茶杀青时叶量过多火温低，使叶色变为近似黑色的深褐绿色，或由绿毛茶堆积后发酵，沤成黑色，这是产生黑茶的过程。黑茶的制造始于明代中叶。公元1524年明朝一位叫"陈讲"的御史在他的《疏记》中记载了黑茶的生产："商茶低仍，悉征黑茶，产地有限。"

◀ 黑茶普洱散茶

白茶

白茶的名品有白叶茶，即白牡丹、贡眉等。最初的白茶是偶然发现白叶茶树采摘而成的茶。到了公元1368年的明朝以后，出现了类似现在的白茶。公元1570

◀ 白茶白牡丹

年钱塘进士田艺蘅在《煮泉小品》一书中记载道："茶者以火作者为次，生晒者为上，亦近自然青翠鲜明，尤为可爱。"白茶中最有名的是表面密布白色茸毫、色泽银白的"白毫银针"，现在经发展，产生了白牡丹、贡眉、寿眉等其他优良品种。

红茶

红茶名品有：小种红茶，即丘山小种、烟小种；工夫红茶，即滇红、祁红、川红、闽红；红碎茶，即叶茶、碎茶、片茶、末茶等。红茶的起源也很早。公元1600年前后，中国西南、东南茶乡在茶叶制作发展过程中，发现如果经过太阳晒干，可以代替炒青，又经过适当揉捻后，茶叶的颜色可以变红，这样就产生了红茶。早

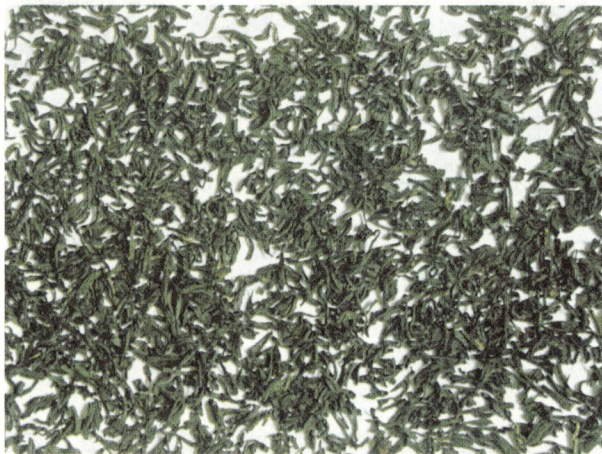

红茶祁门工夫 ▶

期的红茶生产从福建崇安、云南普洱开始。公元1774年清朝学者刘靖在他的著作《片刻余闲集》中记述："山之第九曲处有星村镇，为行家萃聚。外有本省邵武、江西广信等处所产之茶，黑色红汤，土名江西乌，皆私售于星村各行。"这个"星村"，就是福建崇安的一个地方。红茶主要分为三大类：小种红茶、工夫红茶和红碎茶。它们的制作方法大同小异，都有萎雕、揉捻、发酵、干燥四个工序。小种红茶出现后，逐渐演变产生了工夫

红茶。工夫红茶是中国特有的红茶，最著名的是祁门工夫、滇红工夫等。而小种红茶是福建省的特产，有正山小种和外山小种之分。正山小种产于海拔一千米以上的高山。从大的分类上说，红茶又可以分为两大类：一类是条形红茶；另一类是碎形红茶。条形红茶经过采摘、收集、揉捻、萎雕、发酵、干燥而制成。碎形红茶则经过采摘、收集、萎雕、发酵、干燥而制成。

青茶

青茶又称"乌龙茶"，名品有：闽北乌龙，即武夷岩茶、水仙、大红袍；闽南乌龙，即铁观音、奇兰、水仙、黄金桂；广东乌龙，即凤凰单枞、凤凰水仙、岭头单枞；台湾乌龙，即冻顶乌龙、包种、乌龙等。青茶介

▲ 安溪铁观音

于绿茶、红茶之间。青茶起源于公元960年以后的北宋，最早在中国福建创制。公元1616年前后学者王草堂在《茶说》一书中指出："武夷茶采后，以竹筐匀铺，架于风日中，名曰晒青，俟其青色渐收，然后再加炒焙。……烹出之时，半青半红。青者乃炒色，红者乃焙色也。"今天福建武夷岩青茶的制法，仍然保留了这种传统工艺特点。

花茶

花茶又称"熏花茶"、"香花茶"、"香片"，是由精制茶坯与

花茶茉莉龙珠 ▶

具有香气的鲜花拌和，经过一定的加工方法制成的茶。宋朝人蔡襄的《茶录》一书中就提到加香料茶"茶有真香，而入贡者微以龙脑和膏，欲助其香"。公元1127年南宋时期已有茉莉花焙茶的记载，诗人施岳在《步月·茉莉》词注中写到："茉莉岭表所产……古人用此花焙茶。"明朝用于制茶的鲜花品种繁多，据《茶谱》记载，有茉莉、桂花、玫瑰、蔷薇、兰蕙、菊花、栀子、木香、梅花九种之多。现代花茶，除了上述花种外，还有白兰、玳瑁、珠兰等，最常见的是茉莉花。

再加工茶类

随着时代的发展，还出现了再加工茶。这些茶的品种，大多是用这些基本茶类的茶叶进行再加工，如窨花后形成花茶，蒸压后形成紧压茶，浸提萃取后制成速溶茶，加入果汁形成果味茶，加入中草药形成保健茶，把茶叶加入饮料中制成含茶饮料。倘若细分一下，再加工茶也有六大类：即花茶、紧压茶、萃取茶、果味茶、含茶饮料和药用保健茶。名品有减肥茶、杜仲茶、甜菊茶等。

　　药茶是中国茶中一种特殊的茶类。有人将花茶、雨前茶，甚至红茶、乌龙茶也归属药茶当中，无非是想说明这些茶具有药物功效。其实，在茶叶当中添加一些特定的药物或食物，有一定的治病保健功效的茶，才叫"药茶"。归纳说来，药用保健茶有三大功能：一是可以预防疾病；二是可以治疗疾病；三是可以养生延年益寿。预防疾病的药茶，可以预防感冒、中暑、传染性肝炎等，如葛根柴胡茶、绿梅茶、萝卜茶等。治疗疾病的药茶，可治细菌性痢疾、胃肠炎、黄胆性肝炎、糖尿病等，如山楂茶、马齿苋茶、龙胆茶、杞子茶等。有利于养生延年益寿，如午时茶、首乌牛膝茶、杞菊地黄茶等，都可以作为治疗保健的辅助性饮料。

◀ 普洱茶压制过程

《陆羽烹茶图》局部（明·文徵明）

"茶圣" 陆羽

陆羽其人

陆羽（公元733~804年）是中国的"茶圣"。史载，陆羽是小时候因相貌丑陋而成为弃儿。唐开元二十一年（公元733年）秋天的一个清晨，湖北天门县西湖之畔的龙盖寺里，早起的僧人智积禅师从沙沙的落叶声中听到了婴儿的哭泣声。智积禅师走进湖边芦苇，看见几只大雁，正用翅膀遮盖着一个哭泣的男婴。雁护弃婴，命不该绝。智积禅师抱起男孩回到了寺院。这个男孩，就是后来中国的"茶圣"陆羽。

男孩从小不知道自己的亲生父母是谁，住在寺庙中一天天长大，却一直没有名字。有一天，智积禅师为他

中华文化丛书
ZHONGHUA WENHUA CONGSHU
中 华 茶 道

◀ 陆羽塑像

问卦取名，卦盒里倒出一签，一看是支渐卦，上写"鸿渐于陆"。智积禅师想到，鸿雁羽毛遮护他度过秋天之晨，这是鸿雁渐渐降落大地，就叫"陆羽"吧！这样，男孩便有其名了。童蒙时代的陆羽，在寺庙中当小沙弥，兼做僮役，每天在和尚们的指导下识字、抄写经文，学习佛事，供奉和尚们茶水。陆羽天资聪颖，而且勤勉，天没亮便在黄卷青灯下念佛诵经，很得智积禅师的喜爱。不久以后，智积禅师将他送到当地李公家读书。与他一起读书的还有李公的女儿李季兰，在李公家陆羽受到了很好的儒学熏陶。

在学习儒家文化的同时，陆羽学会了煮茶。李公好茶，闲暇时给陆羽讲了许多有关茶叶的掌故、传说和茶的知识。陆羽

陆羽瓷像 ▶

九岁那年，李公搬家了，陆羽不能去他家读书了，只得离开李家回到了龙盖寺。回到寺院后，智积禅师教他梵文佛经，并想让他皈依佛门。但读了"四书五经"的陆羽对佛教学说没有兴趣，也不愿为僧。有一次还因辩论佛儒的区别，陆羽主张尊儒，说了一些对佛学不敬的话，激怒了智积禅师，被罚做贱役，每天只是洗厕所、刷墙壁，还要为寺庙割草放牛。繁重的劳动，加上严酷

的折磨和责罚，都没能使倔强的陆羽回心转意。他决心一生不皈依佛门。在陆羽十三岁的时候，终于有一天，他趁机会逃离了寺庙，开始浪迹天涯，独自谋生去了。最初陆羽只是在江湖艺人的杂耍戏班充当个小丑角，由于他聪明伶俐，没过多久，几种角色他都可以替补上场了。他在空闲时仍手不释卷，学业较以前更有进步。慢慢的，陆羽开始可以为戏班编剧本作曲，以后又撰写《谑谈》，他渐渐成为舞台上的台柱和导演。有一年，戏班到一个叫"竟陵"的地方演出，当地太守李齐物看戏认识了陆羽，很赏识他，认为在小小的戏班中，陆羽太屈才了，于是建议陆羽去求学，并介绍陆羽拜名士邹墅门下学习儒学。陆羽潜心诵读诗书，余暇的时候，常到山上采撷野茶，回来以后自己烹制，时日一久，陆羽的煮茶技艺逐渐提高，并小有名气，得到了老师及同窗学子们的赞赏。

　　唐天宝十一年（公元752年），陆羽十九岁，学成下山，回到了西湖畔。他为人正直，讲义气，守信用，诙谐而且又善于言谈，不久便当了地方小官。他在任职期间，以俸禄所得积蓄了一些钱。有了钱后，他过着与众不同的生活。他不求生活奢

煎茶版画 ▶

侈，而是买了最好的茶叶和茶具，烹煮香茗，研究茶事，这是他生活中唯一的乐趣。陆羽不愿囿于一方，天宝十四年（公元755年），二十二岁的陆羽带着对生活的憧憬开始了茶事的周游考察。陆羽先后考察了河南、湖北、江西等地，后又渡江南下，遍访长江中下游与淮河流域各地，搜集了有关茶树生长环境的资料和大量采茶制茶的工艺方案。唐上元二年（公元761年），陆羽来到浙江湖州，慕名拜访了当地著名诗僧皎然，两人一见如故，彼此相见恨晚。在皎然和尚的诚恳挽留下，陆羽在湖州苕溪定居了下来。陆羽由于嗜茶而对茶进行了深入的研究，从很早时起，他就决心写《茶经》，让后人都知道种茶、焙茶的技术和饮茶、品茶的知识及乐趣。多年以来，陆羽一心研究茶事，不问名利，无心仕途，一贯以布衣寒士奔走在山野茶乡。他既有学问，又很渊博，还精于茶事，深得大家的敬重，人们都称他为"陆处士"。从流传到今天的中国诗词的巅峰之作《全唐诗》一书中可以看出，涉及陆羽的诗人就有五六十位。他不去做官，但名人都想和他交朋友，正如孔子说的："德不孤，必有邻。"陆羽的《茶经》就是他在唐朝大书法家颜真卿家中客寓时开始写作的。

陆羽写作《茶经》历时五载，他以实地考察茶叶产地三十二州所获资料和多年研究心得，写成世界上第一部关于茶的研究著作——《茶经》。以后又经增补修订，又过了五年，才正式印刷出版。这时，陆羽已经四十七岁。《茶经》面世后，陆羽名扬海内。不久唐朝皇帝也慕名召见他，经过与陆羽交流，认为陆羽人才难得，有意留他在京为官，但陆羽辞而不就，仍然周游各地，推广茶艺。在他的影响下，各地茶事大盛。在唐朝以前，茶只用来作药用，自陆羽之后，因竭力主张饮茶，于是茶的地位日益提高。自此以后，茶成为有经济价值的商品，使文人墨客士大夫饮茶之风日盛，饮茶品茗也就成为中国文化的一个重要组成部分。

湖州、长兴人永远忘不了一代茶祖陆羽。湖州市早就开设了陆羽茶馆，水口乡顾渚山麓建造了"陆羽纪念堂"，长兴建有"陆羽墓"、"金沙泉"、"三癸亭"、"忘归亭"等，并塑有陆羽全身石像供人瞻仰。唐贞元五年（公元789年），陆羽隐居在江西上饶。他开辟茶园，凿井隐泉，煮茶论道。其间，大诗人孟郊常来此做客。贞元二十年（公元804年）冬天，陆羽在湖州的青塘别业家中去世，终年七十一岁。后人对他的敬仰钦佩，不仅是因为他写有《茶经》，还因为他的隐而不仕，坚韧执著，乐观豁达的人生品格。陆羽终生致力于茶事，被人们尊称为"茶圣"。

▼ 陆羽墓

陆羽之所以成为"圣人"，还和他对茶事相关的器皿、水及煮茶的方法渊博学识有关。相传唐太宗时期，湖州刺史李季卿到维扬(今天的扬州)与陆羽相逢。李季卿一向倾慕陆羽，一见面他便很高兴地说："陆君善于品茶，天下闻名，这里的扬子江南零水又特别好，二妙相遇，千载难逢。"因而命令军士执瓶操舟，到江中去取南零水。趁军士取水的时间，把各种品茶器具一一放置停当。不一会儿，水送到了。陆羽用勺在水面一扬说："这水倒是扬子江水，但不是南零段的，好像是临岸之水。"军士说："我乘舟深入南零，有许多人看见，不敢虚报。"陆羽一言不发，端起水瓶，倒去一半水，又用水勺取水一看，说："这才是南零水。"取水的军士大惊，急忙认罪说："我自南零取水回来，到岸边时由于船身晃荡，把水晃出了半瓶，害怕不够用，便用岸边之水加满，没想到您如此神明。"李季卿与来宾数十人都十分惊奇陆羽的鉴水之技，便向他讨教各种水的优劣，并用笔一一记了下来。

　　另外，陆羽还发明创造了茶的"三沸说"。这些记载，出自陆羽《茶经》。"三沸"

是对煮水标准的要求:先将水放入方形大锅中烧开,水的选择以山水最好,其次是江河的水,井水最差。煮茶分为三个阶段,当水煮到出现鱼眼大小的气泡,并微微有沸声时,是第一沸。这时根据水的多少加入适量的盐调味。当锅边缘连珠般的水泡向上冒涌时,是第二沸。这时舀出一瓢开水,放在一边,同时用竹夹搅动形成水涡,使水沸度均匀,用量茶小勺量取茶末,投入水涡中心,再加搅动。当水面波浪翻腾,溅成许多珠子,也就是第三沸时,将原先舀出的一瓢水倒回去,使开水停沸,生成茶末,这时候要把泡沫上形似黑云母的一层水去掉。"三沸"之后不宜接着煮。然后开始"斟茶",即用瓢向茶盏分茶,其基本要领是使各碗均匀。从锅中舀出的第一碗茶汤叫"隽永",取隽味永长的意思,这是最好、味道最纯正的茶。如果煮水一升,可分作五碗。饮茶要趁热,将鲜白的茶沫、咸香的茶汤和比较嫩柔的茶末一起喝下去,这才是真正的"品茗"。但这种方法,今天的人们已不习惯,喝茶就是喝茶水，如果不是有特殊的用途，一般不会喝了茶水再吃茶末。

中国最早的茶专著——《茶经》

　　陆羽的《茶经》，内容十分丰富，在七千余字的著作中，凡栽茶、采茶、制茶、饮茶等各方面的事宜都写到了。他写制茶工具和器皿的运用，不仅说明了技术上的不同，而且还说明了文化的演变和区别。陆羽在写《茶经》时，十分重视湖州长兴顾渚山的紫笋茶。他将该地紫笋茶与别的茶种进行比较，说："紫者上，绿者次；笋者上，芽者次。""紫笋"一名遂由此而得。唐朝大诗人白居易（公元772～846年）有一首诗说："遥闻境会茶山夜，珠翠歌钟俱绕身。盘下中分两州界，灯前合作一家春。青娥递舞应争妙，紫笋齐尝各斗新。自叹花时北窗下，蒲黄酒对病眠人。"湖州刺史杜牧《题茶山》诗说："山实东吴秀，茶称瑞草魁。"东吴地区也就是浙江东边的山水，首推湖州顾渚。这里所出产的贡茶，自然优于他

◀ 《茶经》书影

处，当为"瑞草"之冠。紫笋茶不仅唐时被列为贡茶，并历经宋、元、明几个朝代，但到了清朝，渐次失传。

《茶经》一书分为三篇（即上、中、下三卷），共分为十个部分。其主要内容和基本结构是：一之源：茶的起源；二之具：制茶的工具；三之造：茶的种类和采制方法；四之器：煮茶饮茶的器具；五之煮：茶的煮法；六之饮：茶的饮法；七之事：茶的历史；八之出：茶的产地；九之略：茶的概略；十之图：茶的形状。

唐朝以前的茶砖、茶块又干又硬。陆羽说，煮用时必须先用火烤。烤时持茶近火，经常里外翻转；如是以火烤而干的茶，则烤至火气透为止；如果是以日光晒干之茶，则烤至柔软舒展为止。烤过后，又须加以研碎，其粉末如米粉者方为上等，如细角者为下等。煮茶时的木炭薪，以桑树、槐树、桐树、枥树之类最好，柏树、桂树、桧树次之，如果是朽腐之木则不可用。陆羽所提倡的"茶道"，也是唐朝时集大成的饮茶方法，千百年来，成为中国茶道最基本、也是最具体的指导原则。

■ 西藏大昭寺门前的唐蕃

茶与民族风情

文成公主将茶带入西藏

中国西部少数民族藏族，原来的祖先是羌族，从远古时代起就住在中国的青藏高原一带。汉代(公元前206～220年)称"西羌"，唐初(公元618年以后)赞普（君王）松赞干布统一青藏以后成为"吐蕃"，宋元明时期(公元960～1644年)也有称"西蕃"的，到清朝(公元1644～1911年)定名为"藏族"。吐蕃就是现在的西藏，唐代以前和中土没有来往。

唐以前吐蕃人过着以游牧为主的生活，饲养牦牛、马和独峰骆驼，有的地区也种植青稞和荞麦。公元7世纪，弃宗弄赞继位做了吐蕃赞普（吐蕃国王），人们又称他为"松赞干布"，他成为藏族的"君长"。他骁勇剽悍，率领军队统一了

中华文化丛书
ZHONGHUA WENHUA CONGSHU

中 华 茶 道

◀ 《步辇图》(唐·阎立本绘)

青藏高原，建立了以逻些城（即今拉萨市）为中心的强盛王国。唐太宗贞观十二年（公元638年），松赞干布率吐蕃大军进攻大唐边城松州（即今四川松潘县）。唐太宗治理下的唐朝，此时正国富兵强，于是派侯君集督率领大军讨伐。经过激战，唐朝军队打败吐蕃军于松州城下，松赞干布看到自己的军队打不过唐军，只好俯首称臣，并对大唐的强盛非常钦慕。贞观十四年（公元640年），松赞干布遣大相禄东赞至长安，献金五千两，珍玩数百件，向唐朝请婚（就是请求唐朝将皇家女子嫁给自己）。唐太宗经过慎重考虑，决定答应他的请求。于是在宫中选定了一个通晓诗书的宗室之女，封她为"文成公主"。文成公主原是唐太宗一个远亲李姓侯王的女儿，人长得端庄丰满，而且自幼饱读诗书，她虽然对遥远的吐蕃

文成公主入藏时的情景 ▶

心存疑虑，却又充满了好奇和向往。经过两个多月的准备，于贞观十五年(公元641年)隆冬，唐朝派了一支十分可观的送亲队伍，送文成公主前往吐蕃和亲。据《吐蕃王朝世袭明鉴》等书记载，文成公主进藏时，队伍非常庞大，唐太宗送的

▲ 文成公主和松赞干布像

陪嫁十分丰厚，有"释迦佛像，珍宝，金玉书橱，360卷经典，各种金玉饰物"，其中还有多种烹饪食物，各种花纹图案的锦缎垫被、卜筮经典、营造与工技著作、治病药方、医学论著等，还携带有各种谷物和种子等。经过一个多月顶风冒雪的艰苦跋涉，到了春暖花开的时候，文成公主一行到了黄河的发源地——河源，这里水草茂盛，牛羊成群，一改沿途风沙迷漫的荒凉景象，让人精神为之一振。一路上很为吐蕃地理环境恶劣而忧心的文成公主看到这里一片郁郁葱葱，也松了一口气，于是送亲队伍在这里作了短暂休整。这时，松赞干布亲自率领大队迎亲人马也赶到了河源。松赞干布一行见到大唐使臣纳头便拜，并举行了迎婚大礼，他已认定把大唐作为吐蕃的上国。松赞干布这位驰骋高原的吐蕃王一见到中土的金枝玉叶文成公主，顿时为她的美貌端庄而倾倒。松赞干布与文成公主按照汉族的礼节，举行了盛大的婚礼，全逻些城的民众都为他们歌舞庆贺。松赞干布乐不可支地对部属说："我族我父，从未有通

婚上国的先例。我今天得到了大唐的公主为妻，实为有幸。我要为公主修建一座华丽的宫殿，以留示后代。"不久，一座美轮美奂的宫殿就建成了，里面屋宇宏伟华丽，亭榭精美雅致，许多建筑是大唐的格局，用来安顿文成公主，借以慰藉她的思乡之情。文成公主热爱藏族同胞，也深受百姓爱戴。在她的影响下，汉族的碾磨、纺织、陶器、造纸、酿酒等工艺陆续传到吐蕃。她带来的诗文、农书、佛经、史书、医典、历法、茶经等典籍，促进了吐蕃经济、文化的发展。茶文化就是从文成公主开始在吐蕃传播的。由于吐蕃以畜牧为业，食物中肉、乳较多，而饮茶恰有止渴生津、解油腻、助消化的功能，所以一开始就受到上层贵族的欢迎，并逐渐发展为今日藏族同胞"人不可一日无茶"的生活习惯。

西藏茶具 ▶

金城公主将茶、药相融

公元707年，为了向唐朝表示友好，吐蕃统治者赞普派使臣向唐朝皇帝再次请婚。唐朝皇帝中宗(公元705～710年)以宗室当中一个女儿金城公主出嫁。这是吐蕃与唐朝第二次和婚。金城公主西嫁的陪嫁物品中，有很多锦缎珍宝及江南名茶等物品。唐朝皇帝中宗亲自送到始平（今陕西兴平），又赠以锦缯、杂伎百工和龟兹乐，还命左卫大将军杨矩

持节护送。吐蕃赞普为金城公主的到来另筑城居。金城公主入蕃三十年，大力促进唐蕃和盟。这一期间，唐、蕃虽曾进行过多次战争，但由于金城公主的努力，双方使臣往来频繁。唐开元二十一年（公元733年），唐、蕃终于在赤岭（今青海湟源西日月山）定界刻碑，约定从此以后，互不相侵。

　　金城公主出身名门，第一位与吐蕃和婚的文成公主是皇帝远亲宗室之女和亲，而金城公主却是真实的"帝女"身份。金城公主进蕃时带去了医疗人员和医学著作。吐蕃赞普命人将这些医书进行翻译编著。汉族医生和藏族译师等人合作，将这些医书译成藏文。后来，又将这些译稿汇集编撰成大型医书《月王药诊》，这也是现存最早的藏医经典著作。由于金城公主也虔诚信佛，而且一直受到皇室宫廷的良好教育，据《汉藏史集》记载，金城公

主用中药与茶煮制茶汤，治好藩王的疾病。后来画师把这段故事画在上等茶碗上，这可能就是吐蕃用茶入药、代药的开始。金城公主为传播和弘扬茶文化和唐蕃友好作出了卓越的贡献。

茶与礼仪、祭祀结合

　　中国汉民族和许多兄弟民族，在传统礼仪的每一个过程，往往都离不开茶。有些地区盛行的"三道茶"，就是以"和、静、怡、真"的茶道为指导而整理出来的一种饮茶方式(一般适用于茶馆)。

　　"三道茶"包括"迎宾茶"、"留客茶"、"祝福茶"。"迎宾茶"是为远道而来的客人送上的第一盏茶，并配有茶点，茶点是具有地方特色的米糕、芝麻果等。香醇的茶和甜美的茶点，表示欢迎客人到来。"留客茶"是让客人既能看到泡茶的技巧又能品尝到茶的色、香、味。主客一边品茶，一边交谈，无拘无束，其乐无比。"祝福茶"是在客人即将告辞之时，送上一杯桂花金橘茶，并送上祝福的吉言。

有些民族男女青年结婚时在婚礼上，要向长者敬茶和互相赠饮，这是婚礼习俗重要的礼仪部分。中国早在唐朝时，饮茶之风就很盛行，茶叶就成为婚姻中不可少的礼品。宋朝时，茶由原来女子结婚的嫁妆演变为男子向女子求婚的聘礼。至元朝、明朝时，"茶礼"几乎成为婚姻的代名词。清朝仍保留茶礼的观念，素有"好女不吃两家茶"之说。茶由于其性不二移，开花时籽尚在，称为"母子见面"，表示忠贞不渝。中国古典文学名著《红楼梦》书中，贾府的主事人王熙凤送给林黛玉一杯茶后，诙谐地说："你既吃了我家的茶，怎么还不做我家的媳妇。"如今，中国还有许多农村地区仍把订婚、结婚称为"受茶"、"吃茶"，把订婚的定金称为"茶金"，把彩礼称为"茶礼"。有些少数民族，如蒙古族人订婚、说亲，都要带茶叶表示爱情珍贵。回

◀ 《红楼梦》中贾宝玉品茶栊翠庵

族、满族、哈萨克族人订婚时，男方给女方的礼品中肯定有茶叶。回族称"定婚"为"定茶"、"吃喜茶"；满族称"下大茶"。至于迎亲或结婚仪式中用茶作礼物时，主要用于新郎、新娘的"交杯茶"、"和合茶"，或向父母尊长敬献的"谢恩茶"、"认亲茶"等仪式，更是常见。

还有一些少数民族有以茶为祭品的习惯。如布依族人的祭土地活动，每月农历初一、十五，由全寨各家轮流到庙中点灯敬茶，祈求土地神保护全寨人畜平安。祭品很简单，主要是用茶。又如，云南丽江的纳西族，无论男女老少，在人临死前快断气时，都要往死者嘴里放些茶叶，他们认为只有这样，死者才能到达"神地"。

古代人用茶作祭，一般有三种形式：一是在茶碗、茶盏中注入茶水；二是不煮泡只放入干茶；三是不放

茶，久置茶壶、茶盅作为象征。许多民族，如佤族、拉祜族、纳西族、哈萨克族、布朗族等都酷爱饮茶。汉民族也把茶叶用作祭品，在进行祭祀活动如祭天、祭地、祭祖、祭神、祭仙、祭佛时，茶叶都用于这些祭祀中。在黄河流域和北方一带，广泛用茶作祭品，是在隋唐统治期间，北方饮茶日益风行之时。如唐代李郢的诗句："一月五程路四千，到时须及清明宴。"指的是好茶要赶在清明节前送到京城，因为清明祭祀时要用茶作祭品。可见，中华民族的各个民族都同样重视茶在祭祀中的作用。茶与各民族文化生活相结合，形成了各具民族特色的茶礼、茶艺，各民族的饮茶习俗，不仅具有丰富的文化内涵，而且还表现出饮茶的多样性和生动活泼的生活情趣。

天台山国清寺（隋）

茶与宗教

　　中国茶道吸收了儒、佛、道三家的思想精华。佛教强调"禅茶一味"，以茶助禅，以茶礼佛，在从饮茶中体味苦寂的同时，也在茶道中注入佛理的禅机。这对茶人以茶道为修身养性的途径，借以达到明心见性的目的是有益的。而道家的学说则为茶道注入了"天人合一"的哲学思想，同时还提供了崇尚自然、崇尚朴素的理念。此外，出于对"人化自然"的渴求，人们在品茶时追求寄情于山水、忘情于山水、心融于山水的境界。中国茶道中对回归自然、亲近自然的强烈渴望，促使人们领略"情来爽朗满天地"的激情，以及"更觉鹤心杳冥"与大自然达到"物我玄会"的绝妙感受。

"禅茶一味"——茶与佛教

　　佛教是世界三大宗教之一。佛教于西汉末年（公元前86年以后）自印度传入中国；东汉初年（公元25～58年），开始在封建统治阶级中间流行；经魏晋南北朝时期（公元220～589年）的传播与发展，到隋唐时期（公元581年～907年）达到鼎盛。而茶是兴于唐朝（公元618～907年），盛于宋朝（公元960～1279年）。创立中国茶道的"茶圣"陆羽，从小就生活在佛寺中，成名后又与唐代诗僧皎然结为"生相知，死相随"的挚友。陆羽

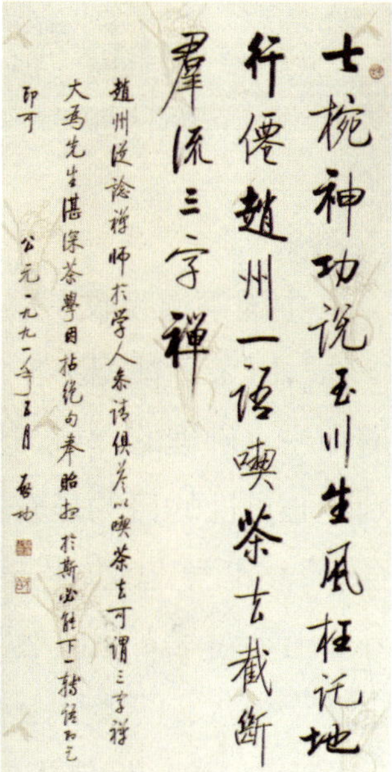

左图："茶禅一味"茶事匾 ▲
右图：赵州和尚茶诗

在《自传》和《茶经》中都有对佛教的颂扬及对僧人嗜茶的记载。可以说，中国茶道从一开始萌芽，就与佛教有了千丝万缕的联系。茶与佛教的最初关系是茶为僧人提供了无可替代的饮料，而僧人与寺院则促进了茶叶生产的发展和制茶技术的进步。在茶事实践中，茶道与佛教之间找到了越来越多的在思想内涵上的共通之处。

佛理博大精深，但以"四谛"为总纲。"四谛"为"苦、集、灭、道"，以苦为首。而茶性也"苦"。明代杰出的医药学家李时珍在巨著《本草纲目》中说："茶苦而寒，阴中之阴，最能降火，火为百病，火清则上清矣。"从茶的苦后回甘，苦中有甘的特性，佛家产生了多种联想，"苦"之茶可以帮助修习佛法之人品味人生，参破"苦"谛。

佛教讲"静"。茶道讲"和、静、怡、真"，也把"静"作为

72

达到坐忘、涤尘、澄怀的必由之路。佛教坐禅时的"五调"（调心、调身、调食、调息、调睡）以及佛教中的"戒、定、慧"都是以静为基础的。在静坐静虑中，人难免疲劳发困，坐禅"唯许饮茶"。这时候，能提神益思、克服睡意的只有茶，于是茶便成了禅佛之人最好的"朋友"。自古以来，佛教僧人多爱茶、嗜茶，而且自古名茶多产于寺庙所在之地。僧人对茶的需要从客观上推动了茶叶生产的发展，为茶道提供了物质基础。因为寺庙都有一定的田产，和尚一般不参加农业劳动，他们有时间来讲究茶的采制和品饮；有一定能力和文化造诣的僧人，还参与种茶、制茶的生产实践。如四川雅安出产的蒙山茶，亦称"仙茶"，相传是汉代甘露寺普慧禅师亲手所植，因其品质优异，被列为向皇帝进贡的"贡品"。福建武夷山出产的武夷岩茶，前身叫"乌龙茶"，该茶以寺院采制的最为正宗，僧侣按不同时节采摘的茶叶，分别制成寿星眉、莲子心和凤尾龙须三种名茶。浙江云和县惠明寺的惠明茶，有色泽绿润、久饮香气不绝的特点，1915年在巴拿马万国博览会上荣获一等金质奖章。此外，产于普陀山的佛茶，黄山的云雾茶，云南大理感通寺的感通茶，浙江天台山万年寺的罗汉供茶，杭州法镜寺的香林茶等，都是产于寺院中的名茶。

许多佛教寺院不仅对茶叶

◀ 浙江江山万福庵《茶会碑》

的栽培、焙制有独特技术，而且十分讲究饮茶之道。寺院内设有"茶堂"，是专供禅僧辩论佛理、招待施主、品尝香茶的地方；法堂内的"茶鼓"是召集众僧饮茶所击的鼓。有的寺院还设有"茶头"，专管烧水煮茶，献茶待客，并在寺门前派"施茶僧"，施惠茶水。中国有不少名山寺庙僧人饮茶念佛，修身养性，而且寿命很长，究其长寿原因，与长期饮茶有很大的关系。

中国茶文化史上，"茶道"二字首先是由禅僧提出来的。僧人在茶中得到精神寄托是一种"悟"，饮茶可得"道"，佛与茶便自然地联结了起来。

"静而坐忘"——茶与道教

道家学说，始于春秋（公元前770～前476年）、战国（公元前475～前221年）时期，而真正成为一种宗教体系则始于汉代（公元前206～公元220年）。道家思想是从老庄哲学（一种中国古老的哲学流派）发展而来的。哲学家老子认为"人法

人物图（明·徐渭） ▶

地，地法天，天法道，道法自然"。也就是说宇宙源于道，宇宙中的一切现象都是由精气运行变化而来的。天地万物无不遵循道的法则，而道要效法自然。道是一切之根本，而人则是宇宙中最渺小的物质，人应将自身融于宇宙之中。哲学家庄子强调"物我合一"。道家用茶，追求一种"师法自然"的法则，看重的是"空灵"和"忘我"，注重将自我的精神与茶艺的形式紧密结合起来。唐代大诗人温庭筠（约公元812～866年）在《西陵道士茶歌》中，就把道家这种"空灵"和"忘我"精神体现得淋漓尽致：

乳窦溅溅通石脉，
绿尘愁草春江色。
涧花入井水味香，
山月当人松影直。
仙翁白扇霜鸟翎，
拂坛夜读黄庭经。
疏香皓齿有余味，
更觉鹤心通杳冥。

在道家的眼中，一杯茶，一缕茶烟，甚至沸茶中滚动的水花，都能引出绵长的情思。

道教追求人生长寿，主张以积极的养生来改变人的天生体质，从而延长人的寿命，甚

75

至"羽化成仙"。在道家贵生、养生、乐生思想的影响下，中国茶道特别注重"茶之功"，也就是注重茶的保健养生、怡情养性的功能，以茶来助长功行内力。有些古代哲人说，茶是天赐给道家的琼浆仙露。饮了茶修道的人会更有精神，不嗜睡，就更能体道悟道，增添功力和道行。历史上很多道士在饮茶中发现了适合于道家修炼的修身养性之道，他们认为，茶采天地之灵气，是契合自然之物，长期饮茶则可使人轻身换骨，排除污浊之气，是道家日常清修的辅助手段，甚至是修炼的一种途径。

茶清静淡泊，朴素天然，是清静的具体物质呈现。茶须静品，也只有在静品之下才能品出茶的真味，才能感悟出茶道的玄机、美妙，才能获得品饮的真正乐趣。静品才能使人拥有安详平和的心态，也才能使人进入超凡忘我的自然之境。

《高逸图》局部（唐·孙位绘）▶

道家的净修和茶文化正是在"静"的契合点上达到了高度的一致。

明代茶学家朱权在他的《茶谱》中明确指出：茶是契合自然之物，天地生物，各遂其理，饮茶主要是为了"探虚玄而参造化，清心神而出尘表"，这正是道家茶文化的主要思想。

《品茗图》（吴昌硕）

金代文学家元好问（公元1190～1257年）的《茗饮》一诗，就是道士品茗时的具体写照：

宿醒来破厌觥船，紫笋分封入晓前。

槐火石泉寒食后，鬓丝禅榻落花前。

一瓯春露香能永，万里清风意已便。

邂逅化胥犹可到，蓬莱未拟问群仙。

以槐火石泉煎茶，道士对着落花品茗，一杯春露一样的茶能在心中永久留香，而万里清风则送道士梦游华胥国，并羽化成仙，神游蓬莱三山，真为人化自然的极致。茶作为一种文化现象，历来为道学家们所推崇，主要原因就是因为茶淡泊、自然、朴实的品格，与他们所追求的淡泊、宁静、节俭、谦和的人生观念相一致。他们清静无为，追求茶文化中所蕴涵的"超凡脱俗"的神韵，自觉地遵循返璞归真的茶艺、茶规，这一切使得茶文化中洋溢着道家的气韵，也闪烁着道家文化浓厚的色彩。

《宫乐图》(唐·佚名)

茶与文学结缘

茶和文学结缘，必然与文化名人密切相连。明末清初，中国杰出的戏曲和小说作家李渔(公元1611～1680年)与茶就关系密切，并在他的作品中对茶有很多记载。如他在剧作《明珠记·煎茶》中讲述了一个与茶有关的爱情故事：三十多名宫女去皇陵祭扫，途经长乐驿。这个驿站的驿官叫"王仙客"，听说他的未婚妻亦在这群宫女当中，便乔装打扮，化装成煎茶女子，前去打探消息。王仙客坐拥茶炉煎茶，待机而行，恰逢其未婚妻要吃茶，他便趁机与她会面。在剧中，煎茶和吃茶成了剧情发展的重要线索，茶，成了促进王仙客和其未婚妻情感发展的重要媒介。

李渔在《闲情偶寄》中，也记述了不少的品茶经验。他认为泡茶器具中阳羡砂壶最妙，他对茶壶的形制与实用的关系，作过仔细的研究："凡制茗壶，其嘴务直，购者亦然，一幽便可忧，再幽则称弃物矣。盖贮茶之物与贮酒不同，酒无渣滓，一斟即出，其嘴之曲直可以不论。茶则有体之物也，星星之叶，入水即成大片，斟泻之时，纤毫入嘴，则塞而不流。啜茗

中华文化丛书
ZHONGHUA WENHUA CONGSHU

中 华 茶 道

◀ 《煮茶图》(明·丁云鹏)

快事，斟之不出，大觉闷人。直则保无是患矣，即有时闭塞，亦可疏通，不似武夷九曲之难力导也。"李渔论饮茶，讲求艺术与实用的统一。他的论述，对后人有很大的启发。

中国现代伟大的文学家、思想家鲁迅(公元1881～1936年)在《喝茶》一文中说过："有好茶喝，会喝好茶，是一种'清福'，不过要享这'清福'，首先就须有工夫，其次是练出来得特别的感觉。"鲁迅一生淡泊，习惯以茶联谊，施茶于民。中国当代著名文学家、戏剧家老舍(公元1899～1966年)也是一位茶迷，他长期研究茶文化，深得饮茶真趣。他多次说过："喝茶本身是一门艺术。"他以清茶为伴，文思如泉，他创作了话剧《茶馆》，通过描写旧北京裕泰茶馆的兴衰际遇，反映了从戊戌变法到抗日战争胜利后五十多年的社会变迁，成为饮茶文学的名作。时至今日，此剧还是中国话剧常演常新的保留剧目。老舍先生一天都离不开茶。20世纪50年代，有一次他到莫斯科开会，苏联人知道中国人爱喝茶，特意给他预备了一个热水壶。可是，他刚沏了一杯好茶，还没喝上几口，一转脸，服务员就给倒了。老舍先生很无奈地叹道："唉！苏联人不知道中国人喝茶是一天喝到晚的！"喝茶一天喝到晚，也许只有中国人如此。外国人喝茶都是论"顿"的，难怪那位服务员看到多半杯茶放在那里，以为老先生已经喝完了，不要了，就给倒掉了，弄得老舍先生很惋惜。另外一位中国当代文学家、戏剧家、史学家郭沫若(公元1892～1978年)，他从青年时代就喜爱饮茶，而且是品茶行家，对中国名茶的色、香、味、形及历史典故很熟悉。1964年，他到湖南长沙品饮高桥茶叶试验站新创制的名茶"高桥银峰"，大为赞赏，写下《初饮高桥银峰》诗：

芙蓉国里产新茶，九嶷香风阜万家。

肯让湖州夸紫笋，愿同双井斗红纱。

脑如冰雪心如火，舌不急来眼不花。

协力免教天下醉，三闾无用独醒嗟。

郭沫若喝茶很勤，一天换三次叶子。每天起来第一件事，便是煮水、沏茶。郭沫若说，他不太喜欢喝太烫的茶，沏茶也不爱满杯。他的家乡为客人斟茶斟酒，"酒要满，茶要浅"，茶斟得太满是对客人不敬，甚至是骂人。

中国茶文化与诗歌自古相融相合，这是由于茶不仅具有大自然的淳美，还有提神益思的功能，饮茶使人心旷神怡，产生对美的联想，因而也就成为文学中诗歌吟咏的对象。

茶诗百千

诗是中华文化的绚丽瑰宝，中国古代有千万首名篇佳作，历代被人们传诵。诗是诗人的灵感、情感、思想与现实生活碰

◀ 清明茶宴图

撞之后，产生的凝练的语言，它具有音、形、义，能表达诗人的情感和思想。

诗歌创作是需要灵感的。所谓"灵感"，大致是指一种突如其来、稍纵即逝的思维与情感状态。"灵感"一词，源于古希腊，原来是指神的灵气，表示一种神性的着魔。英语中灵感(inpiration)的意思与希腊语基本相同，都被用来说明艺术家或诗人进行创作时似乎是由于吸入了神的灵气，从而使作品具有一种超凡的魅力。优美的诗词读后能从中得到艺术的享受、思想的熏陶和人生的启迪。

中国历史上第一部诗歌总集《诗经》，共收录自西周初期（公元前11世纪）至春秋中叶（公元前6世纪）约五百余年间的三百零五首诗，儒学家们奉之为经典，于是就被称为"诗经"了。《诗经》里收有多首与茶有关的诗歌，这些茶诗，实际上是中国茶文化在文学中具体的表现，如："采荼薪樗，食我农夫"；"谁谓荼苦，其甘

如荠"。晋代（公元265年以后）诗人张孟阳在《登成都楼》一诗中有赞茶的诗句"芳茶冠六情，溢味播九区"，被后人作为绝妙的茶联，流传至今。

唐朝（公元618～907年）是中国诗歌史上的盛世，也是中国茶文化发展的鼎盛时期。饮茶成为当时一种高雅的时代风尚，也成为陶冶情操和情感交流的一种主要方式。

将茶大量写入诗歌，使茶与酒在诗坛中并驾齐驱的是唐朝大诗人白居易。从白

居易的诗中，人们能看到茶在文人心中的地位逐渐上升、转化的过程。白居易存诗中以茶为主题的有八首，叙及茶事、茶趣的有五十多首，二者共六十多首。白居易平生爱酒、嗜酒是出了名的，这从其大量的咏酒诗中可以看出，同时白居易又是爱酒不嫌茶的人。《唐才子传》说他"茶铛酒杓不相离"，这正反映了他兼好茶酒。在白居易的诗中，茶酒并不争高下，而常像姐妹一般出现在一首诗中，如："看风小溘三升酒，寒食深炉一碗茶。"（《自题新昌居止》）又说："举头中酒后，引手索茶时。"（《和杨同州寒食坑会》）。前者讲在不同环境中有时饮酒，有时饮茶；后者是把茶作为解酒之用。白居易为何

好茶，有人认为是因为当时朝廷曾下禁酒令，长安酒贵；又有人认为是因中唐后贡茶兴起，白居易多染时尚。这些说法都有一定道理，但作为一个大诗人，白居易从茶中体会的还不仅是物质功用，而是艺术家的一种特别的体味。白居易终身、终日与茶相伴，早饮茶、午饮茶、夜饮茶、酒后索茶，有时睡下还要索茶。他不仅爱饮茶，而且精于辨别茶之好坏，朋友们戏称他为"别茶人"。

　　唐朝大诗人李白、杜甫、刘禹锡和韦应物等也写下了不少富有哲理的茶诗。有一天，诗人李白（公元701～762年）听说荆州有位名叫"玉泉真公"的人，因常饮一种名叫"仙人掌"的茶，虽已年过八旬，仍面如桃花。李白得到在玉泉寺为僧的侄儿赠送的"仙人掌"茶后写到："常闻玉泉山，山洞多乳窟。仙鼠（白色的蝙蝠）白如鸦，倒悬清溪月。茗生此石中，玉泉流不歇。根柯洒芳津，采服润肌骨……"这首诗把茶的保健作用竟描写成了一个神话。诗人刘禹锡在《西山兰若试茶歌》中写到："僧言灵味宜幽寂。"诗中说僧人坐禅以茶驱睡意，有助于提高禅功，进入幽寂的境界。

　　诗人韦应物（公元737～786年）认为茶是高雅圣洁的仙草。他在《喜园中茶生》诗中写到："洁性不可污，为饮涤尘烦。此物信灵味，

持茶具女侍（唐）▼

本自出山原……喜随众草长，得与幽人言。"借茶抒怀。将饮茶升华到富有哲理境界的代表作，是唐朝另一位诗人卢仝的《走笔谢孟谏议寄新茶》，即后人称的《七碗茶歌》。卢仝（约公元795～835年），号玉川子，济源（今河南济源）人，祖籍范阳（今河北涿州）。年轻时家境清寒，他刻苦读书，隐居少室山，无意仕途。朝廷两度召卢仝为谏议大夫，他均辞而不就。卢仝寓居洛阳时，大文学家韩愈（公元768～824年）正为河南令（河南省地方最高长官），对其文采极为赏识，而礼遇待之。卢仝一生爱茶成癖，他的一曲《七碗茶歌》，自唐以来，历经宋、元、明、清各代传唱，千年不衰，至今诗家茶人咏到茶时，虽然因版本不同，个别文字有所不一，但仍被人们屡屡吟及。

> 日高丈五睡正浓，军将打门惊周公。
> 口云谏议送书信，白绢斜封三道印。
> 开缄宛见谏议面，手阅月团三百片。
> 闻道新年入山里，蛰虫惊动春风起。
> 天子须尝阳羡茶，百草不敢先开花。
> 仁风暗结珠蓓蕾，先春抽出黄金芽。
> 摘鲜焙芳旋封裹，至精至好且不奢。

至尊之余合王公，何事便到山人家？

柴门反关无俗客，纱帽笼头自煎吃。

碧云引风吹不断，白花浮光凝碗面。

一碗喉吻润，二碗破孤闷。

三碗搜枯肠，唯有文字五千卷。

四碗发轻汗，平生不平事尽向毛孔散。

五碗肌骨清，六碗通仙灵。

七碗吃不得也，唯觉两腋习习清风生。

蓬莱山，在何处？玉川子乘此清风欲归去。

山上群仙司下土，地位清高隔风雨。

安得知百万亿苍生命，堕在巅崖受辛苦！

便为谏议问苍生，到头合得苏息否？

此诗将卢仝饮茶的生理与心理感受抒发得淋漓尽致。诗里的许多名句足堪玩味，描写饮七碗茶的不同感觉，步步深入，极为生动传神。诗的最后又引发他悲天悯人的襟怀，顾念起天下亿万苍生百姓的劳苦和艰辛。

卢仝此诗的开始，写诗人检视白绢密封并加三道印泥的新茶，在珍惜喜爱之际，自然想到了新茶采摘与焙制的辛苦。接着诗人以神乎其神的笔墨，描写了饮茶的感受。茶对卢仝来说，不只是一种口腹之饮，茶似乎给他创造了一片广阔的精神世界。当卢仝饮到第七碗茶时，他只觉得两腋生出习习清风，飘飘然，悠悠如欲飞上青天，这是多么传神而又生动的饮茶感受呵！

《七碗茶歌》问世后，对后人的影响颇大，自宋以来，几乎成了人们吟唱茶的典故。唐朝诗人元稹（公元779～831年）也有一首《一言至七言》诗，更是别具一番趣味：

茶，

香叶，嫩芽，

慕诗客，爱僧家。

碾雕白玉，罗织红纱。

铫煎黄蕊色，碗转曲尘花。

夜后邀陪明月，晨前命对朝霞。

洗尽古今人不倦，将知醉后岂堪夸！

当代诗人周祥钧所作的《龙井茶·虎跑水》，也很抒情：

龙井茶虎跑水，

绿茶清泉有多美，有多美。

山下泉边引春色，

湖光山色映满怀，映满怀。

五洲朋友哎，

请喝茶一杯哎。

春茶为你洗风尘，

胜似酒浆沁心肺。

我愿西湖好春光哎，

长留你心内，

凯歌四海飞。

龙井茶虎跑水，

绿茶清泉有多美，有多美。

茶好水好情更好，

深情厚谊斟满杯，斟满杯。

五洲朋友哎，

请喝茶一杯哎。

◀ 彩瓷盖碗（清）

手拉手，肩并肩，

互相支援向前进。

一杯香茶传友谊哎，

凯歌四海飞，

凯歌四海飞。

这首诗突出了"以茶交友"的主题，也体现了中国人和谐友善、爱好和平的民族精神。

古今诗人诗作佳作连篇，就像行云流水，在茶文化中，留下了浓浓的馨香。

茶与对联

对联是中国传统文学的另一种形式，雅称"楹联"，俗称"对子"。一般都言简意深，对仗工整，平仄协调，是一字一音的汉语语言独特的艺术形式。对联的种类大概分为春联、喜联、寿联、挽联、装饰联、行业联、交际联和杂联，包括谐趣联等。"茶联"是行业联中的一种。对联文字长短不一，短的仅一两个字；长的可达几百字。对联形式多样，有正对、反对、流水对、联球对、集句对等。但不管何类对联，使用

《烹茶洗砚图》(清·钱慧安)▶

何种形式，都必须具有字数相等、断句一致和平仄相合、音调和谐的特点。作对联一般要求是"仄起平落"，即上联末句尾字用仄声，下联末句尾字用平声；词性"虚对虚，实对实"，就是名词对名词，动词对动词，形容词对形容词，数量词对数量词，副词对副词，而且相对的词必须在相同的位置上。内容要相关，上下要衔接。对联一般都有横批（或称"横额"、"横档"、"横幅"等），横批即如文章的标题，它能标示出一副对联的主题思想，是画龙点睛、锦上添花之笔，起着概括、揭示、补充、说明等作用。但也不是说凡对联都要有横批，如"茶联"，也可以省去横批。

汲来江水烹新茗，买尽青山当画屏

——郑燮联

这副对联的作者是郑燮（公元1693～1765年），字克柔，号板桥，江苏兴化人。清朝著名的书画家、文学家。此联是郑燮在镇江焦山别峰庵求学时写的。联中将名茶好水、青山美景融在一起，体现出画家、文人的情怀。

扫来竹叶烹茶叶，劈碎松根煮菜根

——郑燮联

这是郑燮在自己的家乡，用方言俚语写下的一副茶联。这种粗茶、菜根的清贫生活，是普通百姓日常生活的写照，使人看了感到既贴切，又富含情趣。

民间还有一些茶联，也挺有意蕴。如：

一杯春露暂留客，两腋清风几欲仙

——杭州茶人之家联

这副茶联，既表达了以茶留客的诚意，又道出了用茶后的清心和飘飘欲仙的感受。

大碗茶广交九州宾客，老二分奉献一片丹心

——北京前门大茶馆门联

这副对联以茶联谊，还阐明茶馆的经营宗旨。

柳井有水好作饮，君山无处不宜茶

——福建茶楼联

这副对联中说的"君山"指的是"君山银针"，是历史上著名的名茶。此茶联彰扬出本地水质清冽，极适用来沏茶，而且本地的君山，又盛产银针茶。

欲把西湖比西子，从来佳茗似佳人

——杭州藕香居茶室联

这副对联把"西湖美景甲天下"比作美丽的女子，指出从来都是美丽女子似上好的茗茶，"品茶"，如同"品味"女子、欣赏女子，别有一番情趣。

劳心苦，劳力苦，苦中作乐，再倒一杯酒来

为名忙，为利忙，忙里偷闲，且喝一杯茶去

——成都茶酒店联

这副对联奇特、贴切，据说悬挂出这副对联后，茶酒店客人不断，生意日盛。

其他名联，也都各有千秋。如：

茶笋尽禅味，
松杉真法音
——苏东坡联

一勺励清心，酌水谁含出世想
半生盟素志，听泉我爱在山声
——招隐寺联

四大皆空，坐片刻不分你我
两头是路，吃一盏各走东西
——洛阳古道一茶亭联

一卷经文，茗霖溪边真慧业
千秋祀典，旗枪风里弄神灵
——上饶陆羽泉联

七碗受之味，一壶得真趣
空持百千偈，不如吃茶去
——赵朴初联

这些有名的对联不仅美化了环境，饱含浓郁的文化气息，给人们品茗时助兴，有的还有丰富的寓意，蕴涵了许多历史典故、知识和人物，韵味无穷。

茶文欣赏

茶历来与文学结缘。茶与文字的关系，不仅表现在诗词、对联方面，在小品文方面，也颇多美文。下面节选数篇供读者欣赏。

吃茶文学论

（阿英）

吃茶是一件"雅事"，但这雅事的持权者，是属于"山人""名士"者流。所以自古以来，谈论这件事最起劲，而又可考的，多属此辈。若夫乡曲小子，贩夫走卒，即使在疲乏之余，也要跑进小茶馆去喝点茶，那只是休息与解渴，说不上"品"，也说

《韩熙载夜宴图》局部
（五代·顾闳中绘）▼

不上"雅"的。至于采茶人，根本谈不上有什么好茶可喝，能以留下一些"茶末""茶梗"，来供自己和亲邻们享受，已经不是茶区里的"凡人"了。

然而山人名士，不仅要吃好茶，还要写吃茶的诗，很精致的刻"吃茶文学"的集子。陆羽《茶经》以后，我们有的是讲吃茶的书。曾经看到一部明刻的《茶集》收了唐以后的吃茶的文与诗，书前还刻了唐伯虎的两页《煮泉图》，以及当时许多文坛名人的题词。吃茶还需要好的泉水，从这《煮泉图》的题名上，也就可以想到。因此，当时讲究吃茶的名士，遥远地雇了专船去惠山运泉，是时见于典籍，虽然丘长孺为这件事，使"品茶"的人曾经狼狈过一回，闹了一点把江水当名泉的笑话。

钟伯敬写过一首《采雨诗》，有小序云："雨连日夕，忽忽无春，采之瀹（yuè）茗，色香可夺惠泉。其法用白布，方五六尺，系其四角，而石压其中央，以收四至之水，而置瓮中庭受之。避烀(hū)者，恶其不洁也。终夕缌缌焉，虑水之不至，则亦不复知有雨之苦矣。以欣代厌，亦居心转境之一道也。"在无可奈何之中，居然给他想出这样的方法，采雨以代名泉，为吃茶，其用心之苦，是可以概见了，张宗子坐在闵老子家，不吃到他的名茶不去，而只耗去一天，又算得什么呢？

还有，所以然爱吃茶，是好有一比的。爱茶的理由，是和"爱佳人"一样。享乐自己，也是装点自己。记得西门庆爱上了桂姐，第一次在她家请客的时候，应伯爵看西门那样的色情狂，在上茶的时候，曾经用《朝天子》调儿的《茶调》开他玩笑。那词道："这细茶的嫩芽，生长在春风下。不揪不采叶儿渣，但煮着颜色大。绝品清奇，难描难画。口儿里常时呷，醉了时想他，醒来时爱他。原来一篓儿千金价。"拿茶比佳人，正说明了他们对于两者认识的一致性，虽说其间也相当的有不同的地方。

煮茶图(辽) ▶

94

喝 茶

（杨绛）

曾听人讲洋话，说西洋人喝茶，把茶叶加水煮沸，滤去茶汁，单吃茶叶，吃了咂舌道："好是好，可惜苦些。"新近看到一本美国人做的茶考，原来这是事实。茶叶初到英国，英国人不知道怎么吃法，的确吃茶叶渣子，还拌些黄油和盐，敷在面包上同吃。什么妙味，简直不敢尝试。以后他们把茶当药，治伤风，清肠胃。不久，喝茶之风大行，1660年的茶叶广告上说："这刺激品，能驱疲倦，除噩梦，使肢体轻健，精神饱满。尤其能克制睡眠，好学者可以彻夜攻读不倦。身体肥胖或食肉过多者，饮茶尤宜。"莱登大学的庞德格博士(Dr Cornelius Bontekoe)应东印度公司之请，替茶大做广告，说茶"暖胃，清神，健脑，助长学问，尤能征服人类大敌——睡魔"。他们的怕睡，正和现代的

▲ 施茶水

人怕失眠差不多。怎么从前的睡魔，爱缠住人不放；现代的睡魔，学会了摆架子，请他也不肯光临。传说，茶叶原是达摩祖师发愿面壁参禅，九年不睡，天把茶赏赐给他偿愿的。胡峤《饮茶诗》："沾牙旧姓余甘氏，破睡当封不夜侯。"汤况《森伯颂》："方饮而森然严乎齿牙，既久而四肢森然。"可证中国古人对于茶的功效，所见略同。只是茶味的"余甘"，不是喝牛奶、红茶者所能领略的。

浓茶搀上牛奶、和糖，香冽不减，而解除了茶的苦涩，成为液体的食料，不但解渴，还能疗饥。不知古人茶中加上姜盐，究竟什么风味，卢仝一气喝上七碗的茶，想来是叶少水多，冲淡了的。诗人柯立治的儿子，也是一位诗人，他喝茶论壶不论杯。约翰生博士也是有名的大茶量。不过他们喝的都是甘腴的茶汤。若是苦涩的浓茶，就不宜大口喝，最配细细品。照《红楼梦》中妙玉的论喝茶，一杯为品，二杯即是解渴的蠢物，那么喝茶不为解渴，只在辨味，细味那苦涩中一点回甘。记不得哪一位英国作家说过，"文艺女神带着酒味"，"茶只能产生散文"。而咱们中国诗，酒味茶香，兼而有之，"诗清只为饮茶多"。也许这点苦涩，正是茶中的诗味。

喝 茶

(梁实秋)

我不善品茶，不通茶经，更不懂什么茶道，从无两腋之下习习生风的经验。但是，数十年来，喝过不少茶，北平的双窨、天津的大叶、西湖的龙井、六安的瓜片、四川的沱茶、云南的普洱、洞庭山的君山茶、武夷山的岩茶，甚至不登大雅之堂的茶叶梗与满天星随壶净的高末儿，都尝试过。茶是我们中国人的饮料，口干解渴，唯茶是尚。凡是有中国人的地方就有茶。人无贵贱，谁都有分。上焉者细啜名种，下焉者牛饮茶汤，甚至路边埂畔还有人奉茶。北人早起，路上相逢，辄问讯"喝茶末？"茶是开门七件事之一，乃是人生必需品。

上图:祁门工夫
中图:正山小种
下图:滇红工夫

97

孩提时，屋里有一把大茶壶，坐在一个有棉衬垫的藤箱里，相当保温，要喝茶自己斟。我们用的是绿豆碗，这种碗大号的是饭碗，小号的是茶碗，作绿豆色，粗糙耐用，当然和宋瓷不能比，和江西瓷不能比，和洋瓷也不能比，可是有一股朴实厚重的风貌，现在这种碗早已绝迹，我很怀念……

茶叶品种繁多，各有擅长。有友来自徽州，同学清华，徽州产茶胜地，但是他看到我用一撮茶叶放在壶里沏茶，表示惊讶，因为他只知道茶叶是烘干打包捆载上船沿江运到沪杭求售，剩下来的茶梗才是家人饮用之物。恰如北人所谓的"卖席的睡凉炕"。我平素喝茶，不是香片就是龙井，多次到大栅栏东鸿记或西鸿记去买茶叶，在柜台面前一站，徒弟搬来凳子让坐，看伙计秤茶叶，分成若干小包，包得见棱见角，那份手艺只有药铺伙计可以媲美。茉莉花窨过的茶叶临卖的时候再抓一把鲜茉莉放在表面上，所以叫做"双窨"。于是茶店里经常是茶香花香，郁郁菲菲。父执有名玉，贵者，旗人，精于饮馔，居恒以一半香片一半龙井混合沏之，有香片之浓馥，兼龙井之苦清。吾家效而行之，无不称善。茶以人为名，乃径呼此茶为"玉贵"，私家秘传，外人无有得知。

上图：白毫银针 ▶
中图：冻顶乌龙
下图：白牡丹

98

其实，清茶最为风雅。抗战前造访知堂老人于苦茶庵，主客相对总是有清茶一盅，淡淡的、涩涩的、绿绿的。我曾屡侍先君游西湖，从不忘记品尝当地的龙井，不需要攀登南高峰风篁岭，近处的平湖秋月就有上好的龙井茶，开水现冲，风味绝佳。茶后进藕粉一碗，四美具矣。正是"穿牖而来，夏日清风冬日日；卷帘相见，前山明月后山山。"（骆成骧联）有朋自六安来，贻我瓜片少许，叶大而绿，饮之有荒野的气息扑鼻。其中西瓜茶一种，真有西瓜风味。我曾过洞庭，舟泊岳阳楼下，购得君山茶一盒。沸水沏之，每片茶叶均如针状直立飘浮，良久始舒展下沉，味品清香不俗。

《京华茶馆》风俗画

....

茶之以浓酽胜者莫过于功夫茶。《潮嘉风月记》说功夫茶要细炭初沸连壶带碗泼浇，斟而细呷之，气味芳烈，较嚼梅花更为清绝。我没嚼过梅花，不过我旅居青岛时有一位潮州澄海朋友，每次聚饮酩酊，辄相偕走访一潮州帮巨商于其店肆。肆后有密室，烟具、茶具均极考究，小壶小盅犹如玩具。更有娈婉卯童伺候煮茶、烧烟，因此经常饱吃功夫茶，诸如铁观音、大红袍，吃了之后还携带几匣回家。不知是否故弄玄虚，谓炉火于茶具相距以七步为度，沸水之温度方合标准。与小盅而饮之，若饮罢径自返盅于盘，则主人不悦，须举盅至鼻头猛嗅两下。这茶最具解酒之功，如嚼橄榄，舌根微涩，数巡之后，好像越喝越渴，欲罢不能……

99

茶艺

饮茶使人健康

中华文化丛书
ZHONGHUA WENHUA CONGSHU

中 华 茶 道

中国历史上发现茶能治病、保健的人很多，隋朝皇帝隋文帝就是其中之一。南北朝之前，饮茶之事以四川和江南地区相对为多，这与茶叶生产以长江流域以南地区为主有关。隋文帝杨坚，是一位认识到茶能使人健康、并大力推广茶的关键人物。

隋开皇九年(公元589年)，隋朝大军渡过长江天险，攻占陈都建康(今南京)，俘获后主陈叔宝，陈朝灭亡。至此，西晋末年以来延续近三百年的南北分裂局面宣告结束，这是隋文帝的一大历史功绩。

茶之行世，常以廉俭为本。而据史籍记载，隋文帝勤于政务，自奉甚俭，茶却随时侍于左右。《隋书》中记载了一个有些怪诞的故事：某夜，隋文帝做了个噩梦，梦见有位神人把他的头骨给换了，梦醒以后便一直头痛。后来遇到一个和尚，那和尚告诉他说："山中有茗草，煮而饮之当愈。"他立即派人去找这种"茗草"，找来找去，找到了茶。派去的人采回茶来，隋文帝服用以后果然见效，于是重重奖励了那个和尚。

◀ 绿茶

春茶采摘 ▲

从那以后，隋文帝就一天比一天喜欢喝茶。上有好者，下必甚焉。所以人们竞相采掇山中之茶。当时有些投机的人，为攀附权贵，便采来许多茶作为敬献有权、有钱人的礼品，以至于有诗云："穷春秋，演河图，不如载茗一车。"意思是说苦心钻研孔子的《春秋》，殚精竭虑地去演绎《河图》，以此来出人头地、升官发财，还不如向皇帝送一车茶叶来得快呢。

防 衰 老

走向衰老是所有生命必然经过的一个阶段。衰老到来时，人体各个器官功能都会随之衰退，怎样才能延缓衰老，改善和提高生命质量是一个古老而又现实的课题。茶叶有抗衰老的作用，这一作用早已有史书记载。两千多年前中国中医经典著作《神农食经》中记述："久服令人有力悦志。"现代研究证实茶叶中含有人体所必需的化学成分，含有对某些疾病确具有疗效的物质。每天饮茶摄入量虽少，但经常补充这些物质，对人体能起到调理和保健的作用。

按照中国传统医学的解释，茶叶性味甘苦，微寒无毒，入心、肺、胃、经，有驱散疲劳、生津止渴、消食减肥等作用，能用于防治高血压、高脂血症、肥胖症、冠心病。茶叶中含有微量元素锰、锌、硒，维生素 C、P、E 及茶多酚类物质，能清除氧自由基，抑制脂质过度氧化，所以经常饮茶的确有一定延年益寿的功效。中国现代著名营养学家于若木说："调节人体新陈代谢的许多有益成分，茶叶中多数具备。对于茶能抗癌、防衰老以及提高人体生理活性的机制，科学家也都基本研究清楚了。所以，茶是大自然赐予人类的最佳饮料。"

科学研究表明，人体衰老与体内不饱和脂肪酸的过度氧化作用有关，而不饱和脂肪酸的过度氧化是与自由基的作用又有一定关系。化学活性高的自由基可使不饱和脂肪酸过度氧化，使细胞功能突变或衰退，引起人体组织增殖和坏死，这样就会产生置人于死地的疾病。所以，脂质过度氧化是人体健康的恶魔，但罪魁祸首却是自由基。只要把自由基清除掉，就可以使细胞获得正常的生长发育而使人健康长寿。而茶叶中的化学成分和矿物元素对人体健康则有着特殊的功效。茶叶中的茶多酚是一种强有力的抗氧化物质，对细胞变异有着很强的抑制作用，它中和氧化剂的能力约是维生素 E 的18倍。茶多酚的主要成分是儿茶素，冲泡时

◀ 大红袍茶水

有 30%～50% 儿茶素可溶于茶水中。一杯绿茶中约含有 50～100 毫克的儿茶素。每天通过饮茶可以摄取到较多的儿茶素，所以对人体防衰老极为有益。

抗动脉硬化

动脉硬化是一种人体高发、多见而又非常难治的非炎性疾病。尤其是中老年人，这种疾病更为多见。动脉硬化就是人体动脉血管管壁增厚、变硬、失去弹性，从而造成许多难治性疾病发生。

1999 年 5 月 31 日，在日本东京召开的第四次茶与健康研讨会上，中国福建省中医药研究院院长报告了他们曾以 25 名高血脂症肥胖者为临床观察对象，探讨饮用茶对抑制血中低密度脂蛋白的氧化及改善血液中脂质代谢的作用。研究证明，茶叶中的茶多酚类化合物和维生素类可以抑制血液中低密度脂蛋白的氧化。日本三井农林研究所的博士在多年的研究中也确认，茶多酚类化合物不仅可

晾茶 ▶

以降低血液中的胆固醇，而且可以明显改善血液中高密度脂蛋白与低密度脂蛋白的比值。咖啡碱能舒张血管，降低血脂，对防治冠心病、高血压、动脉硬化等心脑血管疾病有一定的作用。另据中国福建医科大学冠心病防治研究小组1974年在福建安溪茶乡对1080个农民进行调查时，发现不喝茶的农民发病率为3.1%；偶尔喝茶的为2.3%；常年喝茶的（三年以上）为1.4%。由此可见，常喝茶的人比不喝茶的人冠心病发病率要低。

防治糖尿病

糖尿病是一种世界性疾病。目前，全世界约有两亿人患糖尿病，中国有四千多万人患糖尿病。糖尿病是一种以糖代谢紊乱为主要症状的全身性慢性进行性疾病。典型的临床表现为"三多一少"，即多饮、多尿、多食及消瘦，全身软弱无力。这种病的主要原因是人体代谢不好，并伴有一些其他疾病，体内缺乏多酚类物质，如维生素 B_1、磷酸、水杨酸甲酯等成分，使糖代谢发生障碍，体内血糖量剧增，代谢作用减弱。

糖尿病一般分为两型，其中 I 型多在青少年中发生，II 型

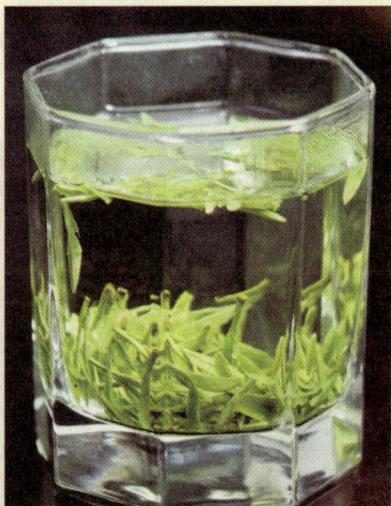

◀ 龙井茶

105

则在中老年中发生。这种疾病对人体危害极大，患者必须注意饮食，增加运动，减少进糖和高脂肪食物。临床实验证实，经常饮茶可以及时补充人体中所需的维生素、磷酸、水杨酸甲酯和多酚类，防止糖尿病的发生。对于中度和轻度糖尿病患者，经常饮茶能使血糖、尿糖减少，乃至完全正常；对于严重糖尿病患者，经常饮茶能使血糖、尿糖降低，各种症状都能得以减轻。

饮茶能减肥

扶风奉茶石人像 ▶

原来人们不认为肥胖是疾病。随着肥胖带来的问题越来越多，科学家们开始关注并不断发现导致肥胖的许多原因和肥胖引起的疾病。

一个人的体重超过标准状态就是肥胖。当然，不同种族和地区的人，肥胖和标准体重的指标不尽相同。

当今世界上肥胖的人日趋增多。据说美国超

重的胖子就有三千多万人，加上中等胖子约有六千三百多万人。科学家们认为，肥胖症是一种伴随人们生活水平不断提高而出现的营养失调性病症，它是由于营养摄取过多或是体内贮存的能量利用不够而引起的。

六安瓜片茶

肥胖症不仅给人们日常的生活带来诸多不便，而且也是引发心血管疾病、糖尿病的一个重要原因。肥胖的原因除了遗传因素外，大部分肥胖者是因为运动少、吃东西过量而引起的。

茶叶具有促进脂肪消化、调节脂肪代谢的功能。茶中的类黄酮、芳香物质、生物碱等成分能够降低胆固醇、三酰甘油的含量和血脂浓度，具有很强的解脂作用。1996 年，中国南方一所研究机构曾对 102 个患有单纯性肥胖的成年男女进行了饮茶减肥作用的研究。研究表明，茶中含有大量的茶多酚物质，不仅可提高脂肪分解酶的作用，而且可以促进组织的中性脂肪酶的代谢活动，因而饮茶能改善肥胖者的体型，有效减少肥胖者的皮下脂肪，从而减轻其体重。还有一家医院的研究人员采用减肥茶对 164 个患肥胖病的人进行治疗，每天服减肥茶 12～14 克，15 天为一个疗程。经过两个疗程的治疗，患者的血脂、三酰甘油和胆固醇都有明显下降，体重也随之减轻，治疗总有效率达 70% 以上，说明经常饮茶，对体重超重者极为有益。

防治癌症

癌症就是恶性肿瘤。人类所有的癌症都来自机体自身的细胞；细胞产生、形成新生物，这些新生物不受机体调控，而且没有正常的组织功能，还占领机体一些空间，并且不停地消耗人体能量和资源，这就是癌症。

癌症是现代生活中的大敌，中国和其他国家都有茶叶可防癌的研究成果。如日本癌学总会就明确指出，茶叶中的多酚类物质能够控制癌细胞的增殖。中国预防医学科学院营养与食品卫生研究所在研究了一百四十五种茶叶后，证实茶叶确有一定抗癌作用，其中绿茶、乌龙茶优于紧压茶，紧压茶又优于红茶、花茶。因此，科学家们呼吁：每天饮用一杯茶，可能会降低癌症的发病率。

制茶工具 ▲

数年前，曾有一篇报道称，上海市民因饮茶而使食道癌患病率逐年减少，这一事实在全世界引起很大的反响。

1983年，日本冈山大学奥田拓男教授就曾对数十种植物多酚类化合物抗癌变作用进行筛选，结果证明：儿茶素具有很强的抗癌变活性。其他科学家在证实茶的抗变异能力的研究中，认为茶多酚是这一作用的主要活性成分。他们在化学物质致癌的研究中，肯定了茶叶中茶多酚的防止癌变作用。此外，茶中的维生素 C 和维生素 E 能阻断致癌物——亚硝胺的合成，这对防治癌症也极为有利。

防治龋齿

龋齿，简单地说就是蛀牙。严重的龋齿带来龋洞，而且使牙齿发炎，更严重的还会导致关节炎、心内膜炎和慢性肾炎。

龋齿在发病过程中，细菌起着主导作用。牙需要咀嚼，在食物的咀嚼过程中，食物残渣长期滞留在牙缝，其中的有机酸，在牙的表面和窝沟内留滞，使牙釉质遭受破坏，这是造成龋齿的根本原因。还有一个原因，是牙齿钙化较差，质地不够坚硬，容易受到破坏。饮茶可以保护牙齿，这一作用古人早已发现。宋代大文豪苏轼在《茶说》一文中就说："浓茶漱口，既去烦腻，且能坚齿、消蠹。"根据现代科学分析，茶叶中含有较丰富的氟，而一般食物中含氟量很少。茶中的氟化物大约有 40%~80% 溶解于开水，极易与牙齿中的钙质相结合，在牙齿表面形成一层氟化钙，起到防酸抗

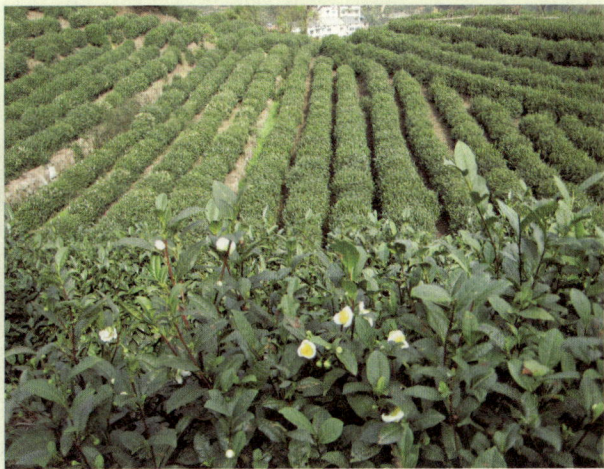

◀ 龙井茶园

109

齲的作用。日本有一个统计：100所小学中患有龋齿的在校学生，经改饮茶后，其中有55%患龋齿的学生病情明显减轻。日本一家研究所曾在两个相邻的村庄对入学儿童的龋齿率作过调查，结果表明：饮用茶对防治龋齿有良好的效果。每个入学儿童每天喝一杯茶，按含氟量0.4毫克计算，持续一年，原患龋齿的儿童中就有一半痊愈。由此可见，饮茶对未患龋齿的人有预防作用，对已患龋齿的人有治疗作用。

杀菌止痢

痢，也叫"痢疾"，是一种常见的肠道传染病。它往往在夏季多发，主要原因是人吃了不干净的食物，初起时以腹痛、下痢、发烧等症状为主。

中国民间早有采用茶叶治疗痢疾和肚子痛的做法。古代医学书籍中也有不少利用茶叶来治疗细菌性痢疾、赤痢、白痢、急性肠炎、急性胃炎的记载。

采茶图 ▼

茶为什么能起到杀菌止痢的作用呢？主要是因为茶叶中含有的茶多酚化合物。由于茶多酚进入胃肠道后，能使肠道的紧张功能受到抑制，缓和肠道运动；同时，又能使肠道蛋白质凝固，因为细菌本身是由蛋白质构成的，茶多酚与细菌蛋白质相遇后，细菌就会死亡。这样，茶多酚就起到了保护肠胃黏膜的作用，所以茶有治疗肠炎、止痢疾的功效。

防辐射污染

辐射是一种自然现象，自然界中的一切物体，只要温度在绝对温度零度以上，都会以电磁波的形式向外传送热量，这就是辐射。人体如果在辐射源集中的环境中长期工作、学习、生活，很容易出现失眠多梦、记忆力减退、体虚乏力、免疫力低下等，其癌细胞的生长速度比正常人快很多倍。现代人的生活环境中，辐射无处不在，如电器设备中的电视、电冰箱、空调、微波炉、吸尘器、手机、电脑、复印机、电子仪器、医疗设备等；

▼ 春茶开摘

绿茶叶 ▲

家庭装饰中的大理石、复合地板、墙壁纸、涂料等；周边环境中的高压线、变电站、电视（广播）信号发射塔等；还有自然环境中的太阳黑子等，都会给人体带来超常辐射。

每个人的身体抵抗能力不同，超常辐射会使每个人出现不同程度的症状。一般受到电磁辐射污染会引起头疼、失眠、心律不齐等中枢神经症状；有的时候，对人的眼睛也可能产生影响，出现视力下降、皮肤病等现象；严重的还有可能致癌，对于孕妇还可能导致流产。

当今世界上很多发达国家已经把电磁辐射污染列入环境污染的重点防护项目之一。在人类受到辐射危害的今天，茶叶已被证明是防治辐射污染的天然有效饮料。

经研究，把经浓缩、冷冻、干燥后制成茶叶片剂，对某些癌症患者由于采用放射治疗而引起的轻度辐射病进行临床试验，总有效率达到90%。

假如人们长时间看电视，会消耗眼睛中大量的视紫红质，引起视力衰退；但经常饮茶，茶中的胡萝卜素被吸收转变成维生素A后在视网膜内可与蛋白质合成视紫红质，从而增强视网膜的感光性。由于茶叶具有这种抗辐射作用，茶叶中的脂多糖物质可以减轻辐射对人体的危害，因此，它对人体造血功能也有着显著的保护作用。

美容明目

　　"爱美之心，人皆有之。"美容是使人的容貌美丽的一门艺术。美容，确切来说包括脸、仪态和修饰三个方面。"美"则具有形容词和动词的两层含义。形容词表明的是美容的结果和目的，是美丽的好看的；动词表明的则是美容的过程，即美化和改变的意思。其实，人类在很早以前，为了滋润皮肤和防止日晒，会在皮肤上涂抹油膏。古埃及妇女喜欢用黑颜料来描眼，并把眉毛描得像柳叶一样细长，有的还用红颜料涂抹嘴唇和脸颊，甚至在手、脚的指甲上都要染上橘红色。19世纪70年代，欧洲开始出现了近代美容院。在中国殷商时期，人们已用北方产的红蓝花叶捣汁凝成脂来饰面。据记载，春秋时周郑之女，就用白粉敷面，用青黑颜料画眉。现代社会妇女拥有更多、更先进的美容方法，她们通过自然美容、蒸气美容等，使自己青春常驻、容

◀ 茶艺表演

113

颜俊美。目前，美容化妆品市场上主要有化工类产品和生物类产品。化工类产品是采用化学方法提取配制的，其功效只是化学反应的结果。它虽然能使皮肤表面一时美化，但其产品中的乳化剂，也容易给人造成一定程度的伤害。生物类产品则不同，它从植物中提取原料，运用高科技手段，将动植物精华进行复杂的萃取，对人体内的细胞生理功能能产生修复与养护的作用。而通过饮茶来美容，则不会对人体产生化学物品的伤害，也不会产生其他副作用。

茶叶中含有丰富的人体内必需的化学成分，是天然的健美饮料。经常饮用一些茶水，非常有助于保持皮肤光洁白嫩，能够有效推迟面部皱纹的出现和减少皱纹。

有些人因用眼过多而产生视觉疲劳、黑眼圈，可用棉花沾冷茶水清洗眼睛外部，几分钟后，喷上冷水，再拍干，有助于清除疲劳，消除黑眼圈。一般来说，产生黑眼圈的主要原因是睡眠不足、用眼过度、眼部受到长时间的强刺激；缺少维生素、眼部轻度发炎、贫血或暴晒；也有一些遗传因素和其他原因，如平时疏忽护理、女性月经期间、性生活过度等。虽然应当根据不同的

极品铁观音 ▶

原因加以防治，但简单、易行的办法是保证作息正常、睡眠充足、营养均衡、增加运动、多到户外呼吸新鲜空气、避免太阳过久

直接照射。还可用茶叶包在纱布中，在冷水中浸透，闭上眼睛，在左右眼皮上各放一个茶包，十五分钟后，再用湿毛巾擦净脸部。每日涂敷一次，坚持不断，可使双目炯炯，容颜滋润。

提神益思

　　饮茶可以提神益思。历代文人墨客、高僧无不挥动生花妙笔，赞颂茶之提神益思功效。

　　唐朝大诗人白居易的《赠东邻王十三》诗曰："携手池边月，开襟竹下风。驱愁知酒力，破睡见茶功。"诗中明白地提到了茶叶提神破睡之功。宋朝大文学家苏轼有《赠包安静先生茶》诗曰："建茶三十片，不审味如何。奉赠包居士，僧房战睡魔。"他说把建茶送给包居士，让其饮了在参禅时可免打瞌睡。

饮茶可以益思，所以受到人们的喜爱，尤其为禅佛、道家、作家、诗人及其他脑力劳动者所深爱。比如，法国的大文豪巴尔扎克、美籍华人女作家韩素音和中国著名作家巴金、姚雪垠等都酷爱饮茶，茶助文思，提神益志。

茶有这些功能主要是因为茶叶中的咖啡碱。咖啡碱具有兴奋中枢神经、增进思维等功能，所以饮茶后能破睡、提神、去烦、解除疲倦、清醒头脑、增进思维。同时，由于茶叶中含有多酚类等化合物，还能抵消纯咖啡碱对人体产生的不良影响。

醒酒敌烟

普洱茶制作 ▶

中国是酒的故乡，也是世界上酿酒最早的国家之一。酒的酿造，在中国有悠久的历史。在中国数千年的文明发展史中，酒与文化的发展基本同步。地球上最早的酒，是落地野果自然发酵而成的。所以，有人说酒的出现，不是人类的发明，而是天工的造化，是人类各民族在长期的历史发展过程中创造的饮料。世界上最古老的酒是伊朗撒玛利出土的葡萄酒，距今三千多年，仍芳醇迷人。中国最古老的酒是西安出土的汉代御酒，至今仍香醇可饮。古代关于酒俗的记载很多，如"酒者可以养老也"（《礼记》）、"酒以成礼"（《左传》）等。酒有多种用途，是人类日常生活中必不可少的饮料。人如饮酒过多，能够至醉，而茶却能醒酒敌烟。明代理学家王阳明(公元1472～1528年)的"正如酲醉后，醒酒却须茶"的名句，说明中国人早就认识到饮茶解酒的功效。

古人常常"以酒浇愁"，"以茶醒酒"。唐朝诗人刘禹锡有一天喝醉了酒，想起了白居易有"六班茶"可以解酒，便差人送物换茶醒酒，这事被后人传为茶事佳话。酒的成分主要是乙醇，一杯

◀ 茶园采茶

酒中含有10%～70%的乙醇。而茶叶中的茶多酚能和乙醇相互抵消，故饮茶能解酒。

茶不仅能醒酒，而且能敌烟。由于茶中含有一种酚酸类物质，能使烟草中的尼古丁沉淀，排出体外；同时，茶中的咖啡碱还能提高肝脏对药物的代谢能力，促进血液循环，这样也有

利于尼古丁从小便中排泄出去，减轻和消除尼古丁给人体带来的副作用。

饮茶止痒

许多人都有过这种经历，有时候当从寒冷的室外一下子进入温暖的室内，或者是晚上临睡前脱掉厚厚的外衣躺入被子里的时候，在一冷一热的刺激之下，皮肤会突然觉得一阵阵发痒而忍不住去搔抓，却往往是愈痒愈搔，愈搔愈痒。过度的搔抓很可能会损伤皮肤，还可能引起皮炎或是留下色素沉着和皮肤苔藓样硬化，会导致治疗困难。有经验的医生，常劝人如果瘙痒不是很严重就忍一忍，不要随便去抓挠，如果痒得比较厉害，也可以局部涂抹一些具有薄荷等清凉成分的止痒药膏等来缓解症状。当然，皮肤瘙痒的治疗方法很多，而最简单的方法就是每天适量饮茶。这是因为茶叶里面含有丰富的微量元素——锰。在很多植物性食品中都含有锰元素，如白菜、菠菜、黄豆等，但是茶叶中锰的含量是最高的。

锰是人体必需的微量元素之一，分布于人体的一切组织中。锰能够参与很多酶反应，促进蛋白质代谢，提高人体对蛋白质的吸收和利用，并能促使蛋白质因分解而产生一些对皮肤有害的物质排泄，减少对皮肤的不良刺激。据科学研究证实，锰还可以增强某些酶的活性，催化某些维生素在体内的代谢，保证皮脂代谢的正常进行，尤其是在寒冷干燥的冬季，皮肤容易干燥，锰还能够促进维生素在肝脏中的积蓄，增强人体皮肤抗炎的功能。因此，在寒冷干燥的季节，常饮茶是增加人体内锰的含量，防止皮肤瘙痒的简便方法。

解暑清热

人体在夏日或在赤道附近地区，在高温和热辐射的长时间作用下，机体体温调节会产生障碍，水、电解质代谢紊乱，神经系统功能会受到损害，医学上称之为"日射病"，俗称"中暑"。一般有颅脑疾患的病人、老弱及产妇等耐热能力差者，更容易发生中暑。当然，中暑的原因还有很多，如有的人在高温车间工作，如果室内通风差，极易发生中暑；从事农业生产及露天作业时，受阳光直接暴晒，大气温度会升高，使人的脑膜充血，大脑皮层缺血，也会引起中暑。如果在公共场所，因人群拥挤，产热集中，散热困难等原因而出现头晕、口渴、面色潮红、大量出汗、皮肤灼热等状态，就是中暑了，需要解暑清热。

茶叶是防暑降温的好饮料。明朝大医药学家李时珍所著的《本草纲目》中载："茶苦味寒，最能降火，火为百病，火降则上清矣。温饮则火因寒气而下降，热饮则借火气而升散。"尤其在盛夏三伏天，酷日当空、暑气逼人的时候，饮上一杯清凉茶会感到身心凉爽，生津解暑。这是因为茶中含有的茶多酚、糖、氨基酸、果胶、维生素等与口腔中的唾液起了化学反应，滋润了口腔，补充了水分，起到生津止渴的作用。同时，由于茶叶中的咖啡碱的作用，促使大量的热量从人体的皮肤毛孔里散出。据报道，喝一杯热茶，通过人体的皮肤毛孔出汗

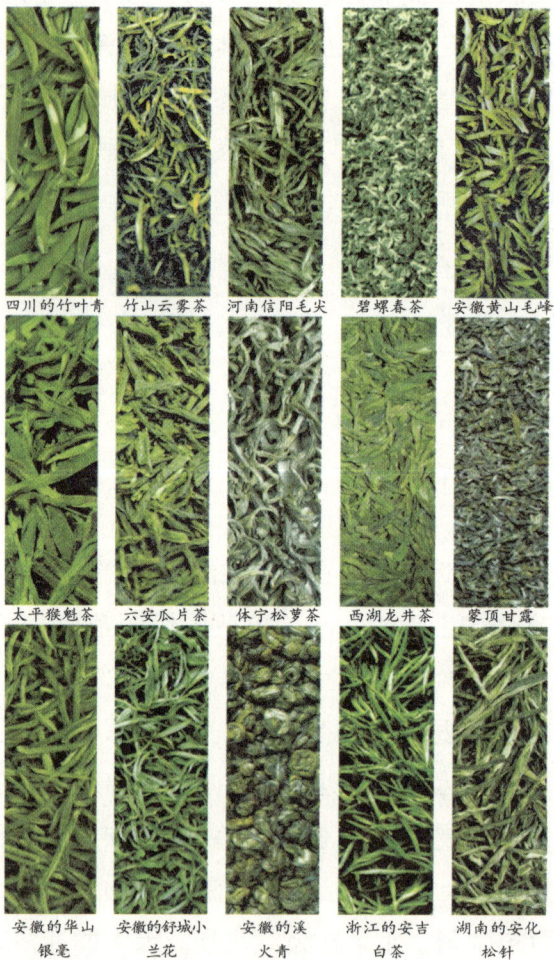

四川的竹叶青　竹山云雾茶　河南信阳毛尖　碧螺春茶　安徽黄山毛峰

太平猴魁茶　六安瓜片茶　休宁松萝茶　西湖龙井茶　蒙顶甘露

安徽的华山银毫　安徽的舒城小兰花　安徽的溪火青　浙江的安吉白茶　湖南的安化松针

120

◀ 晾茶

散发的热量，相当于这杯茶的50倍，所以能使人感到凉爽而解暑。

为什么茶能解暑清热呢？其中的道理早在唐朝的《新编本草》中就说得很明白了："茶味甘寒，饮茶之后，可利小便，去疾热，止渴。"夏季用各种罐装饮料或瓶装矿泉水解渴，总感到没有清茶过瘾，有时愈喝愈渴，甜酸味更会增加人体的热量。科学证明茶最解渴。英国科研人员做过测试，证实各种清凉饮料，饮后虽能很快使颜面皮肤变冷，自感腹中凉快，但为时极短。饮用一瓶易拉罐饮料，全身皮肤降温不到0.5℃；如果饮等量的凉茶，那么九分钟以后，皮肤温度下降0.5℃～0.8℃；如饮温茶，可降温0.8℃～1℃；而饮热茶可降温1.5℃～2℃。所以，饮热茶以后反而使人爽快。中国自古以来提倡饮热茶，这是有科学道理的。

■ 左上图：风炉　右上图：茶臼　左下图：渣斗　右下图：茶瓶

百态千姿的茶具

茶具的选择

中国著名文人林语堂先生说："真正爱喝茶的人觉得把玩煮茶和喝茶的用具，便是一乐趣。"

在原始社会，人类的生活十分简单，无论是饮食起居还是与之相配的器具，都极为简单朴素，茶具也是这样。早期人们饮茶，并没有专门的茶具，茶具是与其他食具共用的，最初用的是土缶器具，以后发明了黑陶。早先人们饮茶，是将茶的鲜叶放在锅中煮成羹汤而后食用，与今天煮汤菜的样子大致相同。当人类进入奴隶社会之后，茶成为奴隶主和贵族阶层的特殊奢侈品，于是出现了专门的茶具，包括煮茶用的锅、茶碗及放茶的罐等。

人类进入封建社会后，随着人们对茶的认识不断加深，茶具开始变得更讲究起来。陶器茶具质量提高了，外形构造美观了，

◀ 石茶碾

后来瓷器也已出现。茶叶制作方法和饮茶方式经历了漫长的发展，茶叶由鲜叶发展到饼茶到小凤团茶再到散茶，形式上不像今天这样主要以散茶为主。饮茶方式也不同于现在通常的冲泡，而是先要把饼茶碾碎，再放入锅中或壶中烹煮。因此古代的茶具就不单是指茶壶、茶碗，而是包括了所有采茶、制茶及煮茶、泡茶的器具。

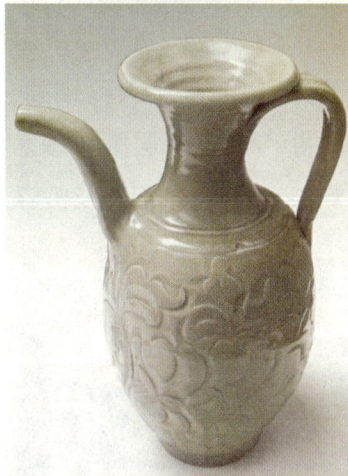

陆羽写作《茶经》时，把采茶、制茶的工具称为"茶具"，将烹茶、泡茶的器具称为"茶器"。宋朝时将两者合称为"茶具"。宋朝宜兴已有各种各样的茶壶，可是大文学家苏轼（号东坡居士）并不中意，他自己设计了一种提梁式的紫砂壶。这种紫砂壶造型圆钝端重，提梁设计简巧虚空，布局安排恰到好处，不仅外形美观独特，而且烹出的茶格外有味。

苏东坡设计这种提梁壶时，正是他的晚年，他弃官来到名叫"蜀山"的地方，便闲居在蜀山脚下的凤凰村，他喜欢喝茶，对喝茶也很

讲究。此地既产有名的"唐贡茶"，又有玉女潭、金沙泉好水，还有"海内争求"的紫砂壶。有了这三样东西，苏东坡喝喝茶、吟吟诗，倒也觉得比在京城做官惬意，但美中不足的是紫砂茶壶都太小，他想：我何不按照自己的心意做一把大茶壶？于是，他让

书童买来上好的天青泥和几样必要的工具，开始动手了。谁知一做做了几个月，还是不能让他满意。一天夜里，小书童提着灯笼送来夜点心。苏东坡手捧点心，眼睛却朝灯笼直转，心想：我何不照灯笼的样子做一把茶壶？吃过点心，说做就做，一做就做到天亮。等到粗坯子做好，毛病就出来了：

宋代茶具——"十二先生"

韦鸿胪——竹炉　　木待制——茶臼　　金法曹——茶碾
石转运——石磨　　胡员外——茶匙　　罗枢密——茶筛
宗从事——棕帚　　漆雕密阁——茶盏　　陶宝文——茶碗
汤提点——水瓶　　竺副帅——茶筅　　丝职方——茶巾

◀ 宋代茶具——"十二先生"

因为泥坯是软的，茶壶肩部老往下塌。苏东坡想了个土办法，劈了几根竹片撑在灯笼壶肚里头，等泥坯变硬一些，再把竹片拿掉。灯笼壶做好了，又大又光滑，不好拿，一定要做个壶把。苏东坡思量：我这把茶壶是要用来煮茶的，如果像别的茶壶那样将壶把装在侧面肚皮上，火一烧，壶把就烧得乌漆墨黑，而且烫手。怎么办？他想了又想，抬头见屋顶的大梁从这一头搭到那一头，两头都有木柱撑牢，便灵机一动，赶紧动手照屋梁的样子来做茶壶。经过几个月的细作精修，茶壶做成了，苏东坡非常满意，就起了个名字叫"提梁壶"。因为这种茶壶别具一格，后来就有一些艺人仿造，并把这种式样的茶壶叫做"东坡提梁壶"，或简称"提壶"。其实这只是个传说。"东坡提梁壶"的传统定型款式创制是在 1932 年春天。

当时为准备参加美国芝加哥世界博览会的展品，江苏宜兴陶瓷工业学校多次邀集行业艺人群策群力，根据传统单把提梁的款式，设计出初步图稿，正式定名为"东坡提梁壶"，并由民间制壶名艺人制作成功，有相当高的观赏价值。

左图:越窑青瓷带托盏(东晋) ▲
右图:越窑青釉碗(东晋)

唐朝的陆羽在《茶经》中就列有二十九件茶具，包括煮茶、炙茶、贮茶及饮茶时用的各种器具，像风炉、火夹、竹夹、碾、罗、锅、交床、瓢、水方、碗、巾等，可以说是事无巨细，将煮茶、饮茶全部过程中用到的器具都包括进去了，但这些茶具过于复杂，不是一般人家能够享用的。皇家宫廷中的茶具多以金器为主。普通百姓多用陶瓷茶具，包括黑釉、白釉、青白釉、酱釉等品种。除茶盏、茶盅之外，普遍还用一种盅托。到元朝之后，茶具开始简化。清朝以后，除少数民族之外，瓷器茶具和玻璃茶具成为茶具中的主要品种。现代人一般所指的茶具，主要是包括茶碗、茶杯、茶壶、茶碟、茶盏、托盘等喝茶时用的茶具。

陶土茶具

陶器茶具最好的品种是宜兴紫砂。紫砂早在北宋初期(公元960年以后一段时期)就已崛起，成为独树一帜的优质茶具。

紫砂茶具发展到明清时期，在制作技艺上已十分成熟。明朝出现了两位紫砂工艺大师——供春和他的徒弟时大彬。

供春在幼年时曾经是一个进士的书童，天资聪明，颖悟异常。他在陪主人读书于宜兴金沙寺时，闲来无事，常帮老和尚捣泥做坯制壶。他观察力很强，常常模仿着寺院里银杏树的树瘤，捏制一些树瘤壶，造型独特，惟妙惟肖。日子久了，老和尚见他聪明好学又有悟性，就把自己全部的造壶技术传授给他。慢慢地，供春的作品多了，他逐渐成了有名的制壶大师。供春制作的壶，工艺、造型新颖，质地薄而又坚实，非常珍贵，被紫砂界誉为"供春壶"，并有"供春之壶，胜如金玉"的说法。

▼ 宜兴窑玉麟款树瘿壶(清)

紫砂壶和一般的陶器不同，其里外都不敷釉，采用当地的紫泥、红泥、团山泥焙烧而成。由于成陶火温高，烧结密致，胎质细腻，紫砂壶既不渗漏，又有肉眼看不见的气孔，非常经久耐用，还能

左图：宜兴窑杨彭年款(清) ▲
右图：曼生壶(清)

吸附茶汁，蕴蓄茶味，而且传热不快，不致烫手；如果是热天盛茶，还不容易酸馊，即使冷热剧变，也不会破裂，甚至还可直接放在炉灶上煨炖。紫砂茶具造型简练大方，色调淳朴古雅，成为士大夫、文人名士品茶的必备茶具。一把小小的紫砂壶，竟能卖出几万元甚至几十万元的价格，还有更为名贵的，上品者与金玉等价。

瓷器茶具

瓷器的出现比陶器晚，但自从瓷器发明之后，它就逐渐代替了陶器，成为饮茶的主要用具。瓷器茶具如果以花色分，可以分为白瓷茶具、青瓷茶具和黑瓷茶具三种。如果以主要产地分，著名的茶具又有景德镇白瓷茶具、浙江青瓷茶具等。早在唐朝的时候，景德镇生产的白瓷就因其质精瓷薄，享有"假玉器"的美称，至今，历经千年而盛誉不衰。

北宋景德元年（公元1004年），宋真宗下令在景德镇创办御窑，并将昌南镇改为"景德镇"。从此，这里生产的茶具就称为景德镇茶具了。景德镇生产的茶具质地光薄，白里泛青，十分雅致，而且表面已有釉彩、刻花、印花等装饰。景德镇的青花瓷茶具始自元朝。青花瓷茶具典雅光润，不仅为国内饮者所珍爱，而且还远销海外。明朝时景德镇因其在制瓷工艺上的独特地位而成为全国瓷器中心。近代，景德镇瓷器在原来青瓷的基础上，又有新的突破，创造出了许多彩瓷，而且无论是造型、线条，还是质地、色彩都十分独特、光润、艳丽。因景德镇瓷器在中国瓷器制造上的贡献，使中国在国际上获得了"瓷器之国"的美誉。景德镇茶具除白瓷、青瓷及五彩瓷外，还创制了珐琅、粉彩两种新品种。尤其是珐琅彩瓷，胎质洁白，薄如蛋壳，工艺与质地都达到了相当完美的境地。

◀ 景德镇窑卵白釉堆花加彩碗（元）

129

还有一种瓷器茶具是黑瓷，产生于宋代。当时福建斗茶之风盛行，斗茶者根据经验认为，建安所产的黑瓷茶盏用来斗茶最为合适，因而这种黑瓷茶具闻名遐迩。宋朝名士蔡襄在其著作《茶录》中说："茶色白，宜黑盏，建安所造者绀黑，纹如兔毫，其坯微厚，之久热难冷，最为要用。出他处者，或薄或色紫，皆不及也。其青白盏，斗试家自不用。"这种黑瓷兔毫茶盏，风格独特，古朴雅致，这是由于瓷土中含铁量较高，烧窑时保温时间一长，釉中释出了大量氧化铁结晶。这种茶具瓷质厚重，保温性能很好，亦很珍贵。

漆器茶具

在中国，漆之为用，已经有近万年的历史。大约在七千多年以前，我们的祖先就已经能制造漆器了。根据是1978年在浙

130

江余姚河姆渡文化遗址中发现了朱漆木碗和朱漆筒，经过化学方法和光谱分析，其涂料为天然漆。夏代之后，漆器品种渐多，在战国时期，漆器业独领风骚，形成长达五个世纪的空前繁荣。据记载，古代哲学家庄子年轻时曾经做过管理漆业的小官。战国时期漆器生产规模已经很大，国家设专人管理。历史上漆器生产工序很复杂，耗工耗时，品种繁多，不仅用于装饰家具、器皿、文具和艺术品，而且还应用于乐器、丧葬用具等。当时的漆器价格虽然很昂贵，但光亮洁净、易洗、体轻、隔热、耐腐，并嵌饰彩绘，绮丽异常。

漆本来是一种植物天然液汁，主要由漆酚、漆酶、树胶质及水分组成。人们用它做漆料，可使物品耐潮、耐高温、耐腐蚀。早期漆器茶具一般比较简单，随着漆工艺的发展，逐步出现在各种茶具上彩绘、描金、戗金、填漆等，或在器胎上漆至一定厚度，再在上面雕刻图案，还有的在漆器茶具上镶嵌金、银、铜、螺钿、玉牙及宝石。

福建福州一带生产的漆器茶具多姿多彩，有宝砂闪光、金丝玛瑙、釉变金丝、仿古瓷、雕填、高雕和嵌白银等品种。特别是红如宝石的赤金砂和暗花等新工艺，非常艳丽。

▼ 漆托盏（南宋）

玻璃茶具

早在三千多年前，有一艘满载着晶体矿物"天然苏打"的欧洲腓尼基人的商船，航行在地中海沿岸的贝鲁斯河上。由于海水落潮，商船搁浅了。于是船员们纷纷登上沙滩。有的船员还抬来大锅，搬来木柴，并用几块"天然苏打"作为大锅的支架，在沙滩上做起饭来。船员们吃完饭，潮水开始上涨了。他们正准备收拾一下登船继续航行时，突然有人高喊："大家快来看啊，锅下面的沙地上有发光的东西！"船员们一看，真的有些闪闪发亮的东西，于是便带到船上仔细研究。他们发现，这些亮晶晶的东西上粘有一些石英砂和融化的"天然苏打"。原来，这些闪光的东西，是他们做饭时用来做锅支架的"天然苏打"，在火焰的作用下，与沙滩上的石英砂发生化学反应而产生的晶体，这就是最早的玻璃。后来腓尼基人把石英砂和"天然苏打"和在一起，然后用一种特制的炉子熔化，制成玻璃球。以后大约在4世纪，罗马人开始把玻璃应用在门窗上。到公元1291年，意大利的玻璃制造技术已经非常发达。

现代玻璃用于器皿已十分普遍。玻璃质地透明，光泽夺目，外形可塑性大，形态各异，用途广泛。玻璃杯泡茶，茶汤色泽鲜艳，茶叶细嫩柔软，在整个冲泡过程中茶叶上下穿动，叶片逐渐舒展等，这些都能够一一欣赏。特别是冲泡各类名茶，茶具晶莹剔透，杯中轻雾缥缈，澄清碧绿，芽叶朵朵，亭亭玉立，令人赏心悦目。

竹木茶具

竹子，禾本科多年生木质化植物。它是一种常绿多年生植物，世界上许多国家和地区都有产地。竹竿挺拔修长，亭亭玉立，袅娜多姿，四时青翠，凌霜傲雨。一般的竹子有很

▼ 左图：木嵌螺细茶盘（清）
右图：木制茶箱（清）

多节，中间是空的，质地坚硬。竹子是一种坚韧的植物，一生中仅开一次花。竹子可制器物。中国人对竹子非常钟爱，古今文人骚客嗜竹、咏竹者众多。据传，清朝大画家郑板桥无竹不居，留下大量竹画和咏竹诗。宋朝大诗人苏轼则留下"宁可食无肉，不可居无竹"的名言。中国文人把"梅兰竹菊"誉为"四君子"，竹是其中之一。竹的种类很多，合计种、变种、变型、栽培品种共五百余种，大多可供庭院观赏。除观赏外，竹还是优良的建筑物、艺术品的材料。

历史上许多产茶区习惯使用竹或木碗泡茶，竹、木茶具价廉物美，经济实惠。用木罐、竹罐装茶，则仍然随处可见。特

左图：木制茶壶桶（清）▼
右图：翻黄茶壶桶（清）

茶籯及附件（清）

别是黄阳木罐和二簧竹片茶罐，既是一种馈赠亲友的珍品，又有一定的实用价值。

中国历史上还有用金属、玉石、水晶、玛瑙等材料制作的茶具，但这些在茶具史上不占有主要地位。因为这些器具制作困难，价格高昂，并无多大实用价值，主要用作摆设。

图书在版编目(CIP)数据

中华茶道／王晶苏编著.—南昌：百花洲文艺出版社，
2009.6
　(中华文化丛书)
　ISBN 978-7-80742-421-5

Ⅰ.中…　Ⅱ.王…　Ⅲ.茶－文化－中国　Ⅳ.TS971

中国版本图书馆CIP数据核字(2009)第039189号

中华文化丛书

中华茶道

王晶苏　编著

出版者： 江西出版集团·百花洲文艺出版社
　　　　　(南昌市阳明路 310 号　邮编:330008)
电　话： (0791)6894736　　　(0791)6894790
网　址： http://www.bhzwy.com
发行者： 百花洲文艺出版社
印　刷： 江西华奥印务有限责任公司
版　次： 2009 年 6 月第 1 版第 1 次印刷
规　格： 860mm×980mm　16开本
印　张： 9.25印张
字　数： 100千字
书　号： ISBN 978-7-80742-421-5
定　价： 56元

(如印装质量有问题,请与印刷厂联系调换)
电话：(0791) 8368111